目次

装幀　遠藤智子

こんどは深く

潔い不倫

一

ＪＲの四《よ》ツ谷《や》駅から歩いて数分。表の大通りから一本脇道に入った一角に、『田《た》なべ』と染められた、古めかしい暖簾《のれん》と赤ちょうちんをぶら下げる小料理屋がある。

暖簾の端々が糸くずのようにほつれているのは、名物の大将が、半世紀も前の大昔から、骨身を惜しまず家業に励んできた証左《しょうさ》である。

昼間は、晩夏を感じさせるまぶしい陽射しが街角を煌《きら》めかせていたが、夕刻の七時をすぎるころから、外気は急に下りはじめ、ジャケットの襟《えり》を立てたくなるほど冷えてきた。

（約束は七時半だったよな）

年に二、三度は連絡を取り合い、男と女の密なる関係を度外視して、酒宴に興

じる時間を作るようになって、三年ほどが経つ。

腹の中で幾度も繰りかえしながら、澤田《さわだ》圭一郎《けいいちろう》は暖簾をくぐって、曇りガラスを嵌《は》めた引き戸を開いた。

らっしゃい！　間髪をいれず、威勢のいい声をかけてきたのは、カウンターの中で包丁をふるっていた大将の小杉《こすぎ》寛一《かんいち》だった。年齢はとっくの昔に古希《こき》をすぎているのだが、声の張り、顔の色艶は五十代半ばにも取れる元気さがうかがえる。

「五分ほど前、小粋な和服がお似合いの、素敵なご婦人がお見えになりましたよ。奥の座敷でお待ちになっています」

ほかの客には聞こえないよう、大将は用心深い小声で言い、そして、太い一本眉をぴくりと震わせ、にっと笑った。

今夜は和服か。そんな思いをめぐらせながらも、

「彼女は若く見えるが、三年前に還暦を迎えているんだ」

なぜか澤田は自慢した。つるつるの禿《は》げ頭に巻いていた白い鉢巻を振りほどいて大将は、奥の小部屋に向かってギョロ目を剥《む》いた。

「アホなことをおっしゃっちゃいけません、澤田様。わたしはこう見えても、女《おな》

子《ご》はんを見る目は確かであると自負しておりましたが、そいつはびっくりもんですわ。どう見たって五十代の前半……、いや、四十代の半ばと偽っても信じてしまうほど、なめらかなお肌をなさっておりましたよ」

本音をもらすときや、驚きの言葉を口に出すとき、なぜか大将は関西弁になる。小学校まで大阪で育ったせいだ、とか。したがって、客に対する阿《おもね》りや、へつらいでないことは確かである。

性格は真っ正直なのだ。

「彼女と会うのは十カ月ぶりなんだが、大将の誉め言葉は、そのまま正直に伝えておきますよ。それじゃ、最初はビールで、料理はいつものように大将にお任せだから、よろしく頼みます」

言葉を紡《つむ》ぎながらも澤田は、ふつふつと熱くたぎってくる心のうちの、表現しがたい高揚感を抑えることができなくなっていた。正確に数えると、ほぼ四十年前の、あの、めくるめく密会の夜の、心躍る昂《たか》ぶりが、昨日のことのように思い出されて、だ……。

澤田が『田なべ』に通うようになってから、十数年経っている。すっかり馴染

みの常連になっていて、数年前、大将と二人っきりになったとき、こっそり尋ねたことがあった。

「大将は男の現役なのか」

と。大将の目尻が一瞬垂れた。が、すぐさま天井に向かって勢いよく親指を突き上げ、ただし、十日に一度くらいの割りになりましたかねと、臆面もなく白状したのだった。

大将のひと言に、澤田は勇気をもらった。

次の誕生日を迎えると、澤田も古希を迎える。

ちょうど九年前、還暦を迎えたその年、澤田はそれまで勤務していた中堅の出版社を無事定年退職し、ときおり昔なじみの編集者から依頼される雑文書きと年金で、さほど不自由のない日々を送っていた。

唯一の不安は、日時の経過とともに、着実に減退していく女性に対する興味だった。

わかりやすく言いなおすと、男の欲望の度合いが、惨《みじ》めにも、急激なる右肩下がりの一途を辿《たど》っていたのである。

退職した当時、さあ、これからは自由な時間がいくらでもあるのだから、誰にも気兼ねすることなく、大いに遊びまくってやると期待に胸を躍らせていたのだが。

澤田は二十五歳の折、初恋の女性である志織《しおり》と結婚した。しかし、平和な生活は、ある日突然、崩壊した。肺がんを患った志織がはかなくも五十六歳の若さで他界したのだ。

仕事にも追われ、その後数年、不自由な独身生活を送っていたのだが、妻の七回忌の法要を済ませたとき、澤田は改めて自分の生活を見なおした。妻への供養も、世間並みに終わらせた。気の利いた別嬪《べっぴん》さんを物色して、食欲と色欲を満喫する旅にでも出てみるかと、意欲満々になった。

このままなにも起こらないで人生を終わらせるのは、ちょっと寂しい。

それを実行に移したのは、仕事を辞めたあとの二、三年でしかなかった。チャレンジ精神が日時を追って衰退していったのである。原因は肉体的衰えだった。もっと正確に言い表わすと、己の肉体の醜《みにく》さにほとほとあきれて、だ。腹は出っ張りはじめ、首筋のまわりや腕の肉はたるみ、そして股間の陰毛に、白い

毛が目立ち始めたのだった。

自分の裸を鏡に映すと、あまりの衰えぶりに、正視することができなくなった。これほどみすぼらしい躯《からだ》を、美しい女性の前にさらすことはないだろう。おれも歳なのかなと、澤田は男の人生を半ばあきらめた。

が、このままおしまいになるのも、ちょっとばかり悔しい。

間もなく古稀を迎える年齢になって、人生の先輩に当たる大将に、それとなく聞いてみたとき、十日に一度の割合で女性を愛《め》でているというひと言が、老境のトバロでうろついていた澤田を覚醒させた。

まさに、目からウロコ。

白くなり始めたヘアを気にすることはないだろう。肝心なことは素敵な女性と交わったとき、男の肉が敢然と屹立《きつりつ》するかどうか、ではないか、と。

男の力は見栄《みば》えではなく、実行力である。

澤田の覚醒は、『田なべ』の大将のひと言が、ぐさりと胸に突き刺さったからに他ならない。

(女色におさらばして、孤独な隠遁《いんとん》生活に埋没してしまうのは、早すぎる)

それからというもの澤田は、いまだ健啖《けんたん》たる食欲に応じて、つとめて色欲に励む日々を送るように心がけた。

そんなある日、ふいと思い出されたのが、四十年も以前、同じ出版社で働いていた榎田倫子《えのきだみちこ》の姿だった。東京の短大を卒業してすぐ、入社試験を受けた倫子は、健康的な肉体を備える才色兼備な新人だった。

が、入社後すぐさま、男性社員をひどく落胆させた。原因は、倫子はすでに人妻の座に納まっていたことだ。履歴書にそう記されていたことを、総務部に配属されていた同僚から聞かされ、あっという間に真実は流れ、ほとんどの男性社員は、あっ、そうだったのかと、そっぽを向いた。

四十年ほど昔の日本は、男女の倫理観が正常に機能していたのである。

しかし澤田はあきらめなかった。ベッドインまで進展しなくても、食事をしたり酒を呑《の》むチャンスくらいあるはずだ、と。

それに、出社してくる際、いつも決まって着用してくる、やや短めのスカートの、もう少し奥のほうまで覗かせてもらいたいという、デバ亀的欲望が胸のうちに渦巻いていたことは否《いな》めない。

倫子の容姿を際立たせていたのは、細面の小顔はほとんどノーメイクで、長い黒髪をはらりと背中に流していたのと同時に、まだ一般女性ではあまり見かけることのなかったミニスカートを、嫌味なくスマートに着こなしていたことだった。

今では珍しくもないファッションだが、その当時、澤田は目のやり場に困ったことが、しばしばあった。

編集室に備えてあった仕事用のソファに腰を下ろし、大量の資料を整理していた彼女のひたむきな姿に、こっそり目を向けたことは、何度もあった。

目が合ってしまえば、さっさと顔を背けてしまったが、倫子に気づかれないよう、密かに盗み見する行為は、男の欲望をいたく刺激したものだ。

妻の体型はどちらかというと肉感的。すなわち小太りタイプだったが、倫子の容姿は細身だった。洋服の上から判断しても、胸の膨らみは少女の如くで、臀《しり》の盛りあがりも薄く感じられた。

隣の家の芝は青く見えるのたとえを、澤田は実感した。

妻の体型に不満があったわけではない。が、比較的大ぶりのソファに臀を落として仕事に熱中しているものだから、ミニスカートの裾《すそ》はさらにめくれ、膝上

二十センチ以上になっていたことも、しばしばあった。

彼女がわざと、太腿《ふともも》を見せつけていたわけではないだろう。少なくともそんな下品は女性とは見えなかった。が、仕事に没頭するあまり、ついつい自分の身なりまで気がまわらず、ときおり、はっとしては、あわててスカートの裾を戻すしぐさは、澤田の胸のうちを激しく揺さぶってきたのである。

びっくりするほど色っぽい！

澤田が腹を決めて倫子を誘ったのは、今からちょうど四十年前の昭和五十二年十一月の給料日の翌日だった。

今でもその年月をはっきり覚えているのは、昭和五十二年という年は、日本国内でさまざまな事件が多発した年だったせいである。

その年の正月二十七日、時の総理大臣であった田中角栄《たなかかくえい》氏が暗躍したとされるロッキード事件の初公判が開かれた。

スポーツ界では、女子プロゴルファーの樋口久子《ひぐちひさこ》が日本人プロとして初めて、全米プロ選手権で優勝したし、プロ野球の王貞治《おうさだはる》は九月三日に行なわれたヤクルト戦で、かの偉大なる大リーガー、ハンク・アーロンのホームラン記録を破る

七百五十六号の本塁打を、後楽園《こうらくえん》球場の右翼席に、高々と打ちこんだ。

それぞれの話題で賑わったことは、週刊誌の編集に携わっていた澤田にとっては大きなニュースだったから、忘れることのできない年だった。

愛煙家の澤田にとって忘れられない祝事は、六月にマイルドセブンが新発売されたことだった。以来、マイルドセブン派で一貫している。

テレビ局が白黒放送を廃止し、すべてをカラー放送に移行したのも、この年だった。

その日、澤田は一日の仕事を終えて退社しようとしていた倫子に、

「たまには、普通の女の子に戻ってみませんか」

と、冗談ぽく声をかけた。滅多に言葉を交わしたことのなかった倫子の表情に、戸惑いとわずかな警戒の色が浮いた。澤田にしてみると、かなり考えぬいたアプローチ作戦だったが、すぐに倫子には通じなかったらしい。

その年の七月、「普通の女の子に戻りたい」という謎めいた名言を吐いて解散宣言をした歌姫グループ、キャンディーズの言葉を寸借したつもりだったのだが。

涙ぐましい澤田のアプローチはまったく通じないで、さっさと逃げられては男

の恥と、澤田は最寄りの駅に向かって足早の歩きながら、息を切らせながら付け足した。

「毎日、毎日、決まった時間に帰宅して、ご主人の夕食の支度をするのも女性の喜びかもしれないけれど、たまには主婦業を忘れて、独身に戻った気分で、うまい食事と酒の時間をすごすことも、有意義じゃないかな、ということですよ」

一瞬、足を止めた倫子は、さほど驚く様子もなく、すぐさま答えを返してきた。

「今夜は主人と外出する約束になっています。来週の金曜日から、主人は三日ほど関西に出張しますから、そのときご馳走《ちそう》してくださいますか」

なんのためらいもなく倫子はさらりと言ってのけ、地下鉄の改札口に向かって階段を下りていったのだった。

澤田の脳味噌は目まぐるしく回転した。うまい酒を呑みながら食事をしましょうかと誘ったのである。だが、倫子の返事は、三日間の時間的猶予をくれたのだ。ひょっとすると、酒や飯《めし》では終わらない密会になるかもしれないと、夕陽の赤く染まる西の空を見あげながら、澤田はつい頬をゆるめてしまった。

二

大将が用意してくれた座敷の襖《ふすま》をそっと開けた一瞬、まぶしさを感じて澤田は瞼《まぶた》をこすった。

四畳半の小部屋の真ん中に切られた掘り炬燵《ごたつ》の傍らで、ひっそりと正座していた榎田倫子の、一服の美人画から抜け出してきたような艶やかな和服姿に、つい見ほれてしまって、だ。

落ちついた色あいの臙脂《えんじ》色に映ってくる和服の裾まわりには、赤い寒椿《かんつばき》の数輪が染めぬかれ、相変わらず、ほとんど化粧をしていない素顔を、際立たせていたのである。

「お久しぶりです」

倫子は両手の指先を畳に付き、礼儀正しい挨拶をした。こうして間近に接するのは、おおよそ半年ぶりなのだが、彼女の対応には、いつも礼節がある。

たとえ四十年前のことでも、

（おれたちは男女の一線を超えた関係なんだから、そんなに堅苦しい態度はやめなさいよ）

澤田はいつもそんな言葉を投げてやりたくなるのだが、お互いに家庭のある立場を踏まえてか、節操を重んじる倫子の所作に変わりはない。

運ばれてきたビールをグラスに注ぎながら、澤田はこっそりと倫子の横顔をうかがった。細面の顔立ちは以前とほぼ同じだが、今日は和服を着付けているせいか、長い髪を頭の後ろに丸くまとめ上げ、細い簪《かんざし》一本を、さりげなく挿《さ》しているヘアスタイルが、実に小粋で、ほっそりとした項《うなじ》に萌《も》える後れ毛が、とても悩ましいのだった。

（ほんとうの年齢を知らなかったら、おれは猛然と襲いかかっているかもしれない）

思いなおして澤田は、彼女に気づかれないよう、こくんと生唾を飲んだ。

「今夜の急なお誘いは、なにか、お急ぎの理由があったのでしょうか」

グラスのビールをひと口呑んで、倫子はわずかな皮肉混じりの眼差しを送りながら尋ねてきた。

「毎日が日曜日のような閑な日々を送っているせいか、テレビを見たり、新聞、雑誌に目を通す時間が多くなって、余計な情報が入りすぎているんですよ」

澤田は曖昧な返事をした。

「余計な情報……、って」

倫子の言葉づかいがやや砕けた。

「倫子さんだって、目や耳に入っているはずだ。最近、毎日のように世間様を騒がせている政治家や芸能人の、不倫騒動のニュースですよ。一週間に三日も四日も男と同じホテルに泊まりながら、男女の一線は超えていませんなんて、しらっと言ってのける女代議士の恥知らずさに、あきれてしまって」

倫子の顔が折れるようにうつむいた。

「四十年も前のわたしたちのこと、まだ、覚えていらっしゃるんですか」

倫子の声は途切れがちになった。

グラスの底に残っていたビールを呑みほして、澤田は真顔になった。

「冬の訪れを感じる季節になると、いつも思い出してしまう。あれは昭和五十二年の十二月に入った最初の金曜日のことでしたね。二人が東京駅から新幹線に乗

って、内緒の旅に出かけたのは」

倫子の頬が、一瞬、ほんのりと染まった。

――四十年もの昔、夕闇の迫ったその日。静岡県は河津《かわづ》温泉郷の南端に位置する温泉旅館、山《やま》の井《い》荘の一室に案内されても、倫子の表情に怖れ、あわて、拒《こば》みの素振りはまったく見られなかった。

部屋の正面に造られた、かなり広々としたベランダに出て、倫子は風になびく長い髪を、右手の指で押さえた。思い出すと、東京駅から新幹線がスタートしたときから、倫子は行き先を聞こうともしなかった。

どのような場所にでもお付き合いしますという無言のメッセージが、美しい笑みに隠されているように、澤田の目に映った。

ましてや、二人だけの旅は初めてだというのに。

モスグリーンのコートをはおったまま、すっかり暮れなずんだ河津の夜空を、ほんの少しの含み笑いをもらしながら、倫子は見あげた。群青《ぐんじょう》色に染まる夜空に、青白く輝く半月と、空いっぱいに散りばめられた星の数々が、部屋のすぐ前に設《しつら》えられた露天風呂の湯面を、きらきら煌《きら》めかせているのだった。

（こうしたとき、男のおれはどうしたらいいのだ？　この旅に誘ったのは、おれだった）

澤田は深く悩んだ。迂闊《うかつ》にも、そして無謀にも、おれは大それたことをやってしまったらしいと、悔やんだりして。先々の成りゆきを深く考えず、軽率に行動したオトシマエかもしれない、などと。

そもそも、初恋の女性だった志織と結婚して以来、四年ほど、澤田は志織以外の女性と接したことがなかった。

いやそれどころか、女性関係は志織のたった一人で、女性に関しては実に未熟者であった。だから時の勢いで倫子を誘ったものの、いざとなって、手の施しようもない窮地に追いこまれてしまった。

蛮勇を奮い起こし、背中から抱きついてみようか。自分を唆《けしか》けても、見えない荒縄で、全身を強く緊縛されたように、手足はまったく動かない。

「お風呂から湯気が立ちのぼっています。ねっ、見てください」

振りかえりもせず、倫子は誘いの声をかけてきた。やっとのことで澤田は、倫子の真横まで足を運んだ。

「ほんとうのことを白状すると、こんなことをしたのは初めてなんだ。今になって、倫子さんには悪いことをしてしまったと、半分くらい反省しているんだ」

澤田は肩をすぼめて本音を伝えた。

そのときになって倫子は、やっとコートを脱いで、傍らに置いてあった籐作りの椅子の背に掛けた。白いセーターと、コートと同じ色あいのミニスカートが、月明かりを受けて、鮮やかに栄えた。

「澤田さんだけじゃありません。わたしも初めてです。主人以外の男性と二人っきりで、温泉旅館のお部屋に入ったこと、一度もありません。ですから、男性経験は主人だけです」

「怖くないの？」

「少し、不安です。これからどんなことになるのか。でも、東京を出るとき、心に決めました。なにがあっても後悔したらいけません、と。だって、わたしにとっては、初めての浮気でしょう。主人を裏切ってしまいました。でも、日曜日の夜、東京に帰るまで、澤田圭一郎さんという素敵な男性に、わたしの身も心も、全部お任せしましょうって、自分の胸に強く言いきかせました。だって、この三

日間は二人っきりなんですもの」

「会社にいるときは、ほとんど口も利かなかった二人なのに、こんなことになって変だよね、二人は」

「言葉を交わさなくても、澤田さんは目で訴えていました。わたしの幼稚な頭で解釈させてもらうと、澤田さんの視線はいつも、倫子が好きだよって、おっしゃっていました」

「えっ、ぼくを観察していたの？」

「はい。でも猥《いや》らしい目じゃなかったんです。新人のわたしを、いつもいたわってくださっているような。それで、澤田さんからお誘いを受けたとき、一度だけだったら、お相手をさせていただいてもいいでしょうって、自分を許してあげました」

「温泉旅行でも？」

「長い人生には、ときどき心がときめくような冒険があってもいいと思います。大きな間違いを犯さない程度だったら」

大きな間違いとは、双方の家庭が破綻《はたん》することを意味しているのだろうと、澤

田は理解した。

この女性は、自分よりずった大人だ。澤田は見なおした。

そんなことはしないだろう！　澤田はもう一度、自分の胸に問うた。だいいちそこまで発展するほど、二人の関係は深まっていない。温泉旅行に誘ったことも、ある種、衝動的な発想で、念入りな計画を立てていたわけではない。

戸惑っていた自分の気持ちが、解きほぐされた。

ごく自然に、澤田は手を伸ばした。

行き場を失っていたような倫子の手を、強く握りしめた。

少しでも力を加えると、すぐに折れてしまいそうな細い指が、絡《から》んできた。しっとり汗ばんだ手のひらを、ひしっと重ねてきて。

ほとんど同時に彼女の上体が、ゆらりと胸板に倒れこんできた。澤田は両手で抱きとめた。白いセーター越しに感じた肉体は、着やせするタイプだったのか、意外なほどのボリューム感を、両手に受けた。

二人の身長差は十センチほど。胸板に埋もれたまま、倫子はひっそりと顔を上げ、透明感のあるピンクの口紅を薄く施した唇を向けてきた。小刻みな震えを奔《はし》

らせながら。

半開きになった唇の隙間《すきま》から、生温かくて、甘ったるい息づかいが、ふわりと吹きあがってきて。

澤田は身震いを止めることができなくなった。妻を裏切る行為に昂ぶっているのではなく、あまりにも従順に全身を委ねてきた倫子の潔《いさぎよ》い所作に、胸を強く打たれて、だ。

彼女の背中を両手で抱きくるめ、澤田は唇を合わせにいった。胸板に重なった胸の膨らみから、激しい動悸《どうき》が伝わってきて、さらに澤田を昂ぶらせた。

かすかな震えの止まらない唇のみの接触が、長くつづいた。

顔を上向かせたまま、倫子は瞼を細く開いた。ついさっきまで蒼《あお》く澄んでいた瞳が、薄桃色に染まって、わずかな潤みを溜めていた。

倫子の口が、小さく動いた。

「唇だけ……？」

澤田の耳にはそう伝わってきた。澤田ははにかみながら、急いで頭《かぶり》を振った。

「歯磨きをしていないけれど、それでもいいかな」

「わたしも同じです。歯磨きは、朝、お家《うち》を出るときしただけです。でもね、あなたのお口の匂いは、甘いんです。この香り……、大好き」

心の奥に閉じこめられていた情愛の交流は、倫子が先陣を切った。

彼女の言葉が切れる寸前、澤田は倫子の背中とウエストをしっかり抱きなおし、彼女の唇の隙間に、舌先を差しこんだ。甘酸っぱい唾にまみれていく。

人間の唾がこれほどおいしいと感じたのは、生まれて初めてだった。

二人の唾液が往復した。

倫子の喉が鳴った。この愛らしい女性は、おれの唾を素直に飲んでくれている。

男の感動が、彼女の腰を抱きくるんでいた左手に、力をこめさせた。一瞬のためらいもなく澤田は、右手をすべらせた。

ブレーキは利かない。ミニスカートを穿《は》く臀の頂《いただき》に指先をすべらせていた。

ほどよく張りつめた肉づきが、スカートの内側で踊った。小ぶりのほうだろうと見ていた臀の膨らみは、割れ目の深さまで、はっきりと伝えてきた。

「気持ちいい、あなたの手……」

やっと唇を離した倫子は浮ついた声をもらし、目尻に笑みを浮かべた。

声の質に甘えが混じっていた。

「見た目より、ずっとボリュームのあるお臀だったんだね。むっちりしている」

澤田は正直な感想を伝えた。

「ほらね、会社でお仕事をしているとき、あなたはデスクに座って、知らん顔をしながら、わたしの胸とかお臀を盗み見していたんでしょう」

おびただしい唾液が往復したせいか、倫子の言葉づかいから遠慮とか他人行儀が消えた。いたずらっぽささえ、加わって。

「うん。お臀や胸だけじゃなかった。短いスカートを穿いた倫子さんの太腿に、ぼくの目は、きっちり狙いを定めていたのかもしれない。だってさ、会社には何人もの女性社員やフリーのライターがいたけど、倫子さんほど素敵なスカートを穿いている人は、ほかにいなかったんだもの」

「恥知らずな女だなって、軽蔑《けいべつ》していたんでしょう。いつも短いスカートなんか穿いて」

「恥知らずというより、気になって、気になって仕方がなかったんだ。夏はストッキングも穿いていなかったから、生の太腿がつやつや光って、まぶしくてさ、

仕事にならなかったこともあったんだ」

「あのね、あなたにじっと見つめられていることは、知っていたのよ。だから、ねっ、笑わないで聞いてください。それで、だんだんスカートの丈《たけ》が短くなっていって。だって、わたし、あなたの視線を感じていると、不思議な感覚に浸《ひた》っていたんです」

「不思議な感覚って、どんな？」

「あのね、ちょっと昂奮してくるような。あなたの視線を感じるあたりが、どんどん温かくなってきて、いつの間にか、躯の芯のほうが、じわっと熱くなってくるんです。それで、ミニスカートがやめられなくなって。あの刺激がほしかったんですね」

躯の芯て、どこだ？

聞きかえしたくなったが、澤田は口を閉ざした。自分だって、ミニスカートの裾からはみ出ている太腿を盗み見していると、股間の奥底に、男の快感を伴う心地いい痺《しび》れや熱気がこもったではないか。

もっと奥を覗きたくなって、だ。

「ぼくの妄想は、果てしなく広がっていったこともあったんだ」

「妄想って、猥らしい想像？」

「だってね、ときどき倫子さんが足を組み替えたりすると、危うく、その、下着が見えそうになることもあったんだ。ぼくには目の毒だった」

「まあ、目の毒だなんて、わたしがかわいそう。原稿を読みすぎて、疲れきっているあなたの目には、良薬になってほしかったわ」

遠慮の糸が切れた倫子の言葉が、引き金になった。それまで比較的大人しくしていた男の肉に、熱い血の奔流《ほんりゅう》がどっと流れこみ、ブリーフをこすって、凄《すさ》まじい勢いで勃《た》ちあがっていったのだった——。

炬燵《こたつ》テーブルの上には、いつの間にか何品かの魚料理と、ウイスキーや焼酎のボトルが並んでいた。

「なにを考えていらっしゃったんですか。一人笑いを浮かべたり、急に怒ったお顔をなさったり、とてもお忙しそうでしたわ」

焼酎のお湯割りを入れたグラスを両手で挟んで、倫子は興味ありげな眼差《まなざ》しを

向けた。

「怒ってなんかいない。ただね、四十年前のあの夜のことを思い出していると、恥ずかしくなったり、うれしくなったりして、若返ってくる。ぼくもまだ青二才だった」

「ごめんなさい。わたしもすっかり、おばあちゃんになってしまって。でもね、わたしもあなたと同じ時間を送っていたんだわ。若さって、人間の武器なのかしら。なんでもできたんですもの」

「露天風呂のこと？」

頬をぽっと染めた倫子はいきなり手を伸ばした。そして箸《はし》をつかんでいた澤田の指を固く握りしめた。時間をおくこともなく、炬燵テーブルのコーナーを挟んで座っていた臀をじれったそうに動かし、全身を寄せつけた。

倫子の口がもどかしそうに動いた。

「澤田さんは、今でもお一人なんでしょう」

急にあらたまった口調になって、真面目《まじめ》顔で尋ねてきた。長年連れ添った妻は、すでに亡くなっていることを伝えておいたのに。

「ぼくも来年の誕生日を迎えると、古希だよ。いい歳だ。今さら新しい奥さんを探すほどの、元気な体力は残っていない」

澤田は真実を隠した。

特別の女性を囲ったり、同棲しているわけではない。が、『田なべ』の大将のそれはうらやましい打ち明け話を聞いて以来、十日に一度は、男の欲望を発散させてくれる女性とベッドを共にするよう心がけていた。

「ねっ、ひとつだけお聞きさせてください」

「なに？」

「まだ、お元気なんでしょう。四十年前と今を比較したら怒られそうですけれど、河津温泉で二泊した夜、あなたは七回もわたしを求めてこられました。びっくりするほどお元気でした……、七回目も、です」

躯のあちこちがくすぐったくなった。そんなこともあったっけな、と。

「疲れた、とか？」

「いえ、とってもうれしかった。恋愛結婚をした主人とでも、二晩で七回も交わったことなど、なかったんですもの」

「それはね、今だから白状するけれど、河津温泉の夜は、倫子さんの巧みなテクニックに煽《あお》られたこともあったんだ。三十分もすると、すぐに挑戦したくなったりして」

「まあ、わたしのテクニックって？」

「うん、あの夜、ぼくは初めて体験させてもらった。五十代で亡くなった志織とは、一度も経験したことがなかったのに。それが、倫子さんに攻められて、ぼくはほんとうにびっくりしりしたんだ」

澤田の言葉が終わらないうちに、倫子はさらに下半身を寄せつけた。掘り炬燵の中で、二人の膝がこつんとぶつかった。

三

――呼吸が詰まってしまいそうな長いキスが終わって、二人はどちらからともなく示し合わせ、露天風呂に向かった。衣服をまとったままの、長い抱擁と接吻に昂奮しきった二人の躯は、大粒の汗が止まらなくなっていた。

緑の木立に囲まれた露天風呂は、巨大な自然の岩石で組まれ、十畳近くもありそうな大きな風呂だった。

透明のお湯を満々とたたえる温泉にざぶんと浸《つ》かって、澤田は精いっぱい手足を伸ばした。大きな岩の端に立てられた水銀灯の灯りが、湯の底まで、くっきり映し出していた。

湯の底でなびく黒い毛の真ん中で、まるで力を失わない男の肉が、ゆらりゆらりと揺れて勇ましい。

(倫子さんが入ってきたら、こいつをどうするのだ?)

脱衣場に目を向けながら澤田は、しばし考えた。遠慮のかけらもなく、そいつは雄々《おお》しくそそり勃ったままでいるのだ。

(しょうがないさ。大人しくしていろと叱《しか》っても、小さくならないんだもの)

澤田はあきらめた。素っ裸であるから、隠すこともできないし、お湯は透明だった。

そのとき、脱衣場の木製の扉が小さな軋《きし》み音を鳴らして、開いた。どきんと胸を高鳴らせて、澤田は目を向けた。白いバスタオルを胸に巻いた倫子が、爪先立

って、小走りで温泉の淵まで走りよってきたのだった。

形ばかり掛け湯をした倫子は、一秒でも早く自分の裸身を隠したいのか、湯飛沫《しぶき》を飛びちらせ、温泉に飛びこんできた。

二人の間隔は二メートル弱。

瞬間、二人の視線が空中で、ちかちかっと火花を散らせた。少なくとも澤田はそう感じた。澤田は両手を広げ、さあ、ぼくの胸に来てくださいと、彼女を迎える体勢を取った。

「二人はほんとうの裸なのよ。ねっ、しっかり抱いてくださいね」

喉嗄《のどが》れしたような声を苦しそうにもらした倫子の胸から、白いバスタオルがはらりとほどけ、湯面に浮いた。透明のお湯の中で、白い盛りあがりを描く乳房が泳いだ。赤く染まった乳首を、ぴくんと尖《とが》らせて。

しかし、かわいらしい乳房の輪郭が目に飛びこんできたのは一瞬で、倫子は湯面を激しく波立たせ、澤田の胸板を目がけて、飛びついてきたのだった。

澤田はがっちり受けとめた。

しかし、自分の手が彼女の肉体のどこを支え持ったのか、はっきりわからなか

った。無我夢中……。倫子の行動は澤田よりはるかに大胆で素早かった。温泉の底に伸ばした澤田の両足に跨《またが》ってきて、両手を首筋に巻きつかせた。

二人の裸の胸が、ひしっと重なった。

いや、そんなことより、股間で屹立する男の肉に、倫子は自分の下肢をぶつけてきたのだ。男の肉がどんな形になってしまったのか、澤田は自分の目で確かめたくなった。

しかし二人の胸はしっかり重なって、目が届かない。

確かなことは、彼女の股間の丘の下側あたりに、ぎゅっと押しつぶされているらしい。お湯の温かさとは違う粘り気が、びくんと反《そ》りかえってしまった男の肉の裏側に張りついて、その粘り肉が、うねうねと上下していることだ。

倫子の息づかいが荒くなった。口で息をする。

目は虚《うつ》ろで、唇を半開きにしたまま、ときおり舌なめずりをしたりして。

「当たってくるわ。あーっ、おっきい。温かいんです。ねっ、わたしの、あーっ、そこのお肉をこすってきて。わかるでしょう。二人の躯がどんなことになっているのか」

絶え絶えの声をもらしながら、倫子の指は澤田の唇を撫でたり、首筋に這《は》わせたり、はたまた耳たぶをつまんだりして、忙しい。

「倫子さん、そんなに刺激しないでください。こんなふうにされること、ぼく、慣れていないんです。今すぐ、爆発するかもしれませんよ」

「気持ちよくなっているのは、澤田さんだけじゃないわ。わたしも、よ。あーっ、動いています、あなたの大きなお肉が、わたしのお股の真ん中で。熱いうごめきが、お腹の底まで響いてきます」

声と一緒に倫子の股間は、上下にうねり、そして円を描くようにして、そそり勃つ男の肉をこねまわしてくるのだった。

（おれの大事な肉が盗まれていく）

澤田はそう感じた。

が、対抗する術《すべ》が、すぐさま思いつかない。ただただ、為されるがまま。思いかえしてみると、妻の志織との交わりはとても淡白で、男の肉がこねまわされたことなど、一度もなかった。

だからといって、夫婦関係に不満があったわけではない。

そんな折り目正しい行為が、一般的な夫婦の営みだと信じていたところもあった。

「ねっ、わたし、我慢できなくなってきました。お願い、チャレンジさせて」

「えっ、チャレンジって、なにを？」

「一度もしたことがなかったのよ。でも、あなただったら、できそうだわ。あーっ、お湯から上がって、その大きな石の上に寝てくださ い。仰向《あおむ》けになって」

あわてふためいて澤田は、倫子が指定した平べったい石に目をやった。畳一畳分もありそうな、大きさだった。

「ぼくだけが寝るのか」

「ううん、わたしも一緒に」

この人妻がなにをしようと考えているのか、澤田には皆目見当がつかなかった。けれど、真顔で頼まれたのだ。断ることはできない。澤田は湯から出た。

倫子の股間から解放された男の肉が、半月の輝く天空に向かって、びびっと突きあがった。

なにが起こっても我慢しろ。彼女のお願いなんだ。己に向かって言いきかせ、

澤田は覚悟を決めて、石畳の上に寝た。すぐさま温泉から飛び出てきた倫子は、白い素肌に水滴を垂らしながら、澤田の真横に臀を落とした。

「素敵。立派だったのね、あなたの躯。見とれてしまいます」

実感のこもった声をあげた倫子の右手が、屹立する男の肉の根元を、こわごわといったふうに、丸く握ってきたのだった。すぐさま反応した男の肉の先端から、半透明の粘液がじゅくっと滲《にじ》み出た。

先漏れの粘液を、止めることはできない。水道の蛇口じゃないのだ。でも、(倫子さんの手を汚してしまう)

危険を感じたが、腰を引くこともできないのだ。

「ああん、泣いているわ、あなたの躯」

独り言のようにつぶやいた倫子の指が、ひっきりなしに溢《あふ》れこぼれてくる粘液を、ぬるりと掃《は》いた。つーんとする快感が、かすかな痺れを伴って、股の奥のほうに飛散した。

ああっ！　次の瞬間、澤田は大声を発し、腰を跳ね上げた。彼女の唇が筒先を

目がけて一直線で舞い落ちてきて、ピンクの舌を差しだし、ぺろりと舐めてきたからだ。

「だ、だめです。そんなことをしたら。そこは、舐めるところじゃないんだ」

びっくり仰天して、大声を発した澤田は、両手で股間を隠そうとした。が、すぐさま跳ね除《の》けられた。澤田は本気で逃げ出したくなった。倫子の口は舐めるだけにとどまらず、筒先全体をぐぶりと丸飲みしてきたからだ。

彼女の両手に腰骨あたりを押さえつけられた。大した力ではないのに、抵抗する力が湧いてこない。

だめです、やめなさい！　と腹の中で叫んでいながら澤田は、生まれて初めて感じる男の快感に、もっとのめり込んでいきたいという欲望と、喧嘩した。

お湯に濡れた倫子の長い髪がほつれて流れ、臍《へそ》のまわりをくすぐってくる。くすぐったさと気持ちよさが交互に押しよせてきて、彼女の口にすっかり埋没した亀頭が、びくびくっと跳ね、暴れまくる。

頭が朦朧《もうろう》としてきた。しかし澤田は、自分の肉体に激しい欲望が渦《うず》巻いていることに気づいた。

（倫子さんの躯にさわりたい）

どこでもいい。彼女の肉体の一部だったら。

手探りで澤田は、指先を伸ばした。

横座りになっている彼女のお臀あたりに手を差し向け、こわごわ撫でた。

びっくりするほどのボリューム感が、指先を押し返してきたのだった。

「ううっ、うっ」

男の肉を頬張ったまま、倫子はうめいた。そして澤田の手に触られた臀を揺らめかせ、片臀を浮かせた。澤田はすぐに察した。割れ目の奥まで指を入れてほしいという要求だろう、と。

昂ぶりは頂点に達した。澤田はさらに手を伸ばした。割れ目の稜線《りょうせん》から、肉の谷間に向かって差しこんだ。

「あーっ、そ、そこよ。ねっ、濡れているでしょう。わたしの躯がこんなに猥らしくなったの、初めてよ。昂奮している証拠でしょう。ねっ、ねっ、もっと奥まで来て」

消え入るような悶《もだ》え声をもらした倫子の口が、ふたたび、剛直に張りつめる男

の肉をぐぶりと頬張った。筒先だけではない。肉筒の根元まで深々と飲みこみ、口を前後に揺すり、舌先で肉筒の根元を舐めまわしてきたのだった。

くちには溜めておけない唾が、唇の端から垂れおちてきて、陰毛を濡らしていく。

（もう、やめてくれ）

澤田は悲鳴をあげたくなった。二十九歳になって初めて感じるフェラチオの快《かい》媚《び》だった。

男と女の交わりの最中、女性の口に愛撫される行為があったことは知っていた。その逆の行為が、クンニリングスであることも。

が、童貞と処女の男女が恋に陥り、そのまま結婚した澤田夫婦には、縁のない行為だった。お互いに求めることもなかったし。言いかえると、そこまでの刺激的な愛撫を繰りひろげなくても、夫婦生活になんの不便も不満もなかった。

しかし他人の奥さんの口に含まれた快感は、想像を絶していた。

股間は勝手に突きあがり、亀頭は暴れ、止《と》め処《ど》もなく滲んでくる先漏れの粘液が、彼女の口に注がれていくのだ。

その心地よさに酔い、澤田はつい、倫子の小さな頭を両手で挟んだ。指先にふれた頭皮は、湿った熱気を帯びていた。

彼女の頭をつかんだとき、澤田の昂ぶりはさらに激化した。股間を揺すりあげた。喉の奥まで突き刺すほどに。倫子の喉が苦しそうにうめいた。

その直後、噴射を知らせる強い脈動が、股間を奔りぬけた。もう、我慢できない。

「倫子さん、あの、もう出そうなんだ。いいか？」

男の肉を深くわえたまま、倫子は頭を上下に振った。えっ、出してもいいのか？　どこに？　自分から問いかけておきながら、澤田の頭は大混乱した。まさか口の中に！

愛し合っている男女だったら、男の精液を飲んでしまう女性がいるという話は聞いたことがあった。が、今、自分の男の肉をくわえている女性は、よその奥さんだった。そんな女性の口に、びゅっと出してしまったら、どうなるのだ。

しかも男の肉の根っこを疼《うず》かせている男の体液は、半端な量じゃない。が、澤田の思考はそこで停止した。

股間の奥で暴れる脈動は、その鼓動が胸板まで響いてきて、瞬時も我慢できないほど鳴り響いていた。

どんなことになっても、彼女の口に出してはならないという抑制は、すでに消えかけていた。いや、もし、そんなことができたら、どんなに気持ちがいいだろうという、ゆがんだ男の欲望が、澤田の股間をさらに力強くいきりたたせていた。

「倫子さん！」

そう叫んだつもりだったが、声は出てこなかった。代わりに、熱をこもらせた息づかいだけが、闇の空に飛び散っていった。どくっ、どくっと噴き出ていった。倫子の喉が鳴った。その音色は、おびただしい男の濁液を一滴残さず飲みこんでいく女性の、悦《よろこ》びにも聞こえたのだった――。

炬燵テーブルの上で、二人の指が汗を滲ませ、絡んだ。

「澤田さん、お願いがあります」

薄紅色に染まった頬にかすかな痙攣《けいれん》を奔らせながら、倫子は震える声をもらした。彼女の震え声に合わせたように、澤田の手を強く握る彼女の指も、震えが止

まらない。

「お願い、って？」

「お部屋の灯《あか》りを消してください。暗くしてほしいの」

「どうして？」

「河津温泉に連れていってくださったあと、わたし、いつも自分に強く言いきかせていました。あなたには奥様がいらっしゃって、わたしには主人がいます。あなたの優しさとか真面目さに溺れるようなことは、二度としてはいけない。それが思い出に残るきれいな不倫……、いえ、二人だけの愛情と思って」

「ぼくも同じ考えかな」

「でも、今夜だけは許してください。もう一度だけ、あなたの男性にふれたくなったんです。いけないことでしょうか。でも、わたしも還暦がすぎた歳になって、こんなに昂ぶってくる自分の躯に驚いているんです。明るいお部屋でお見せできる躯じゃありません。ですから、暗くしてください。わたしのわがままを許してくださるでしょう」

いくつになっても、かわいらしい女性だ。うつむいたまま切々と訴えてくる倫

子の表情を、澤田は追った。

「部屋を暗くして、ぼくは裸になって、仰向けに寝ればいいんだね」

四十年前の温泉旅行をあらためて思い出し、澤田は倫子の肩に手を掛け、聞いた。

「はい。こんなことをあなたに言ったら、笑われるかもしれません。でも、あの、お口の中は、あの当時とほとんど変わっていないと思います。虫歯は一本もないんですよ」

昔の話をしているうち、還暦をすぎた女性は、もう一度、逞《たくま》しく屹立する男の肉を、口いっぱいに頬張ってみたいという赤い欲望が噴火したらしい。

（そうに違いない）

明るい部屋でもいいじゃないかと考えながらも、澤田はゆっくり立ちあがって部屋の灯りを消した。一瞬にして、あたりは暗闇に没した。

そうだった……。そのときになって澤田は、暗闇の中で苦笑いをもらした。おれの陰毛も、白い毛が目立ち始めていた。見栄えするものじゃない。暗いほうが昔を思い出すことができるかもしれない。

澤田は手早く衣服を脱いだ。

中途半端は興を削ぐ。トランクスも肌着も脱ぎ捨て、全裸になった。そして、倫子の躯から漂ってくる生温かい体温の真横に、全身を横たえた。

すぐさま彼女の手が、胸板をまさぐってきた。

乳首を探りあて、撫でまわしてきた。そして少しずつ手を下げていく。彼女の指先から放たれてくる温かさが、昂ぶりを一気に加速させた。

（よかった！）

澤田は安堵《あんど》した。あと一年で古希を迎える年齢になっても、この小料理屋の大将の言《げん》を聞き、十日に一度は女性を愛でていた澤田の肉体は、還暦をすぎた女性の愛撫にも、正しく反応して、びくり、びくりと勃ちあがっていくのだった。

日ごろの精進は、緊急時にきっちり反応してくれる。

数秒と待たず、倫子の指は肉筒の真ん中あたりに巻きついた。強く握りなおし、そしてゆるくし、指を上下させる。

その指のしなやかな……、いや、愛情のこもったうごめきは四十年前となんら変わらない。次の瞬間、澤田は、うなった。生ぬるい粘膜が、逞しくそそり勃っ

た筒先に、ゆるりとかぶさってきたからだ。

倫子が頬張ってきたのだ。

暗闇でも、はっきりわかった。倫子の口が上下に動き出して。動きはなめらかだ。肉筒はすっぽりくわえ込まれて、荒い息づかいが股間に吹きかかってくるのだ。

反射的に澤田は手を伸ばし、自分の脇腹近くに座っているだろう彼女の下半身をまさぐった。和服の上からでも、そこが彼女の臀であることは、すぐにわかった。

(この女性は、野暮なパンツなんか穿いているはずがない。今夜は和服なんだから)

そう想像しながらも澤田は、臀の頂付近に指を這わせた。いくらか分厚く感じる和服の上からだが、その肉づきはしっかり漲《みなぎ》っているようで、まだまだゆるみは感じられない。

和服の裾から、手を差しこんでみたい衝動にかられた。おれの躯だってあちこちに衰えが表われはじめている。お互いさまだろう、と。

が、澤田はじっと耐えた。暗闇であるからこそ味わえる、性の快楽があるはずだ、と。

澤田の気分をさらに盛りあげるように、倫子の口の動きは忙《せわ》しくなった。筒先から口を離し、裏筋に舌を這わせてくるのだ。それは丁寧に。そして、男の袋を目がけて舌先を伸ばしてきたのだ。

つい、澤田は腰をよじった。

袋まで舐めさせていいのだろうか。

正常な神経は、股間の奥に、かーっと熱い脈動が奔りはじめて、失《う》せていく。

(出るかもしれない)

そう感じたとき、腰が勝手に弾みはじめた。四十年ぶりの口内発射の予兆が、すぐ目の前に表われて。

「倫子さん、ぼくのわがままも聞いてくれるね」

澤田の声は、恐ろしく低くなった。

裏筋に舌先を這わせていた倫子の口から、熱のこもった声が返ってきた。

「わたしのお口に、出してくださるのね。うれしい。四十年前と同じように、い

っぱいよ」

澤田は気合いをこめた。

六十九歳と六十三歳の男と女が、四十年も昔の熱い契《ちぎ》りを思い出し、暗闇の愛撫を繰りひろげている。ある種の感動だ。

（部屋を暗くして、よかった）

澤田ははっきり、そう確信した。二人の胸のうちは大昔にタイムマシンしているのだ。二十九歳と二十三歳の若いカップルに。

澤田は股間を突き上げた。

瞬間、筒先から噴き出たおびただしい濁液は、倫子の喉奥に、びゅびゅっと放たれていったのだった。

倫子の喉が鳴った。

噴き出てくる男のエキスを一滴残さず飲み干そうとする女の音色に聞こえた……。

事が終わって澤田は、全裸のまま両手を差し出し、倫子の全身を胸板に迎えた。闇に慣れてきた目に、彼女の上体が、ゆらりと覆いかぶさってきたことを確認し

た。澤田は、力いっぱい抱きしめた。

「四十年もつづいた不倫は、われわれだけかもしれないね」

「わたし、お友だちに聞かれたら正直にお話します。わたしたちの不倫……、うんそうじゃないわ、二人の愛情は二人の息が絶えるまで、つづいていきます、って。一線を超えていませんなんて、決して言いませんから、あなたも覚悟しておいてくださいね」

冗談に決まっている。彼女の言葉を打ち消しながらも澤田は、たった今、自分の体液を、なんのためらいもなく飲み干していった倫子の口に、舌先を深く埋めこんでいた。

先生のお願い、聞いて

一

今、目の前で繰りひろげられている『事件』が、果たして現実のことなのか、それとも夢の世界のことなのか、長崎聡《ながさきさとる》は何度も頭を振ったり、目をこすって確認しようとする。が、考えれば考えるほど、脳味噌が混乱して、正しい答えが出てこない。

こんなことがあってもいいのだろうか、と。

「あん、いやね、聡さんは。わたしは勇気を奮い起こして、お洋服を全部脱いだのよ。それなのに、目をこすったり、顔をそむけたりして、わたしの裸《からだ》を見るのを避けているみたい」

ソファの肘掛けに背中を預け、すらりと伸びる太腿《ふともも》を、大きく左右に開いていた平井佳子《ひらいかこ》先生は、急に恥ずかしさがこみ上げてきたのか、太腿をぎゅっと閉じ

あわせ、両膝をかかえ、背中を丸めてしまった。

いやだなんて、とんでもありません。ただ、あの、先生がぼくのために裸になってくれたことが信じられないのです。もし夢だったら、覚めてほしくないと、目が勝手にぱちくりしているんです。聡は自分の本心を、正直に先生に伝えようとしたが、舌はもつれ、口が渇いて、言葉にならないのだった。

――その当時、平井佳子先生は横浜《よこはま》大学の四年生で、二十二歳だった。聡が通っていた土浦中央《つちうらちゅうおう》中学校に教育実習生として赴《おもむ》いてきたのは、今からちょうど六年前で、聡は中学一年生だった。

ある日、先生は大学ノートを取り出し、わたしに対する注文とかお願いがあったら、遠慮なく正直に書いてくださいと言い、ノートをまわしてきた。

聡はわりと真剣に考えた。ぼくの頭の中にあるほんとうのお願いを書けばいいんですね、と。聡は本心を書いた。

『先生のおっぱいを見せてください』

単なるスケベ心や興味本位でなかったと、聡は今でも、そのときの自分の気持ちは大真面目《おおまじめ》だったと、信じている。

清楚な濃紺のスーツを、一糸乱れず着こなした先生のおっぱいは、きっと美しいだけではなく、神聖なんだ。ミロのヴィーナスのおっぱいと同じように、清らかな形をしているに違いないと、勝手に想像した。

授業が終わったあと、やっぱり先生に呼び出された。教職員用の更衣室に連れこまれた。長崎君はなにを考えているんですか。あなたはまだ中学一年生の坊やでしょう。先生のおっぱいを見たいなんて、下品なことを考えてはいけません。きみは、わたしを侮辱《ぶじょく》しています！　わたしはあなたの先生ですよ、なんて、こっぴどく叱《しか》られ、頬っぺたにビンタの一発くらい食らうかもしれないと、聡は覚悟した。

が、先生は目尻に笑みを浮かべ、ひと言ももらさず、スーツの前を開いて、ブラウスのボタンをすべてはずし、おっぱいを見せてくれたのだった。

そのとき先生は言った。ほかの生徒さんは、英語がうまくしゃべれる方法を教えてくださいとか、高校入試に合格する勉強の仕方を教えてくださいとか、ありふれたことが書かれていたわ。ですから、長崎君は特別だったのよ。きみは正直な中学生だったのねと、誉《ほ》められた。

先生は更衣室でブラジャーまではずして、わずか数秒の間、おっぱいを見せてくれた。聡にとっては生まれて初めて、生《なま》のおっぱいを目にした瞬間だった。ピンクに染まったかわいらしい乳首が、ぴくんと尖《とが》っていた。

そして、いつの間にか六年の歳月がすぎて、中学生時代のおっぱい事件は、聡の脳裏からすっかり消えていたのだ。

が、平井先生とは縁があったらしい。

今日の午後、聡は予備校の講義が終わったあと、土浦駅前にある本屋さんに行った。聡は本が好きだ。新刊本が並んでいると、目次だけ立ち読みして、おもしろそうだと思うと、すぐに買った。

しかし聡が毎日のように書店に行く理由は、もうひとつあった。それは週刊誌などに載っているヌードグラビアを、こっそり盗み見することだった。

いつものことだが、グラビアページをそっと開いて聡は、苛立《いらだ》った。全裸になったモデルさんは自分を誘ってくるような猥《いや》らしいポーズをとっているのだが、肝心な部分は、がっちりモザイクが掛けられていて、なにも見えない。

ぼくは騙《だま》されていると、聡は憤慨する。

ぼくはモザイクの内側が見たいんだ。聡は指を舐《な》め、唾をたっぷり付けてモザイクをこすったのだが、今日も、なんの効果もない。

そのときふいに背中から声をかけられた。長崎聡君でしょう……と。びくっとして振り向いたすぐそこに、平井佳子先生が立っていたのだ。

とんでもない醜態《しゅうたい》を、見つけられた。聡はあわてふためいて、週刊誌をばたんと閉じた。

赤っ恥もはなはだしい。

呼吸が詰まるほど、聡は驚いた。腋《わき》の下から気持ち悪いほど汗が滲《にじ》んできて。

それなのに、先生はにこにこ笑いながら、聡の手を取り、わたしのお家《うち》に行きましょうと誘った。ワンパク坊主のいたずらを見つけた先生は、さあ、これからお仕置きをしますよ、覚悟しなさいというような厳しさが笑い顔の裏に隠されているようで、聡はへっぴり腰になった。

当たり前だ。ヌード写真を盗み見していたのだから。

聡の手を引っぱりながら、ずんずん歩いていく先生は、ちらっと振りかえって、ずいぶん意地悪そうに言った。中学生のときより、ずっと大人の男性に成長し

ていたのね。だから、モデルさんのモザイクをこすっていたんでしょう。でもね、どんなにこすっても、モザイクは取れませんから、あきらめなさい……。

顔も上げられない。

とんでもないところを見つけられたのだから。でも、ぼくだって今は十九歳になって、大人の仲間入りの一歩手前にいるんだから、週刊誌を見たっていいでしょうと、聡は腹の中で、半分居直った。

先生の家は聡が借りているアパートと、それほど離れていない静かな住宅街にあった。家に入って先生は、しみじみとした声で言った。

中学生のとき、わたしはあなたにお年玉をあげました。

お年玉とは、先生のおっぱいのことだと、聡はすぐに察した。

「でも、お年玉の熨斗《のし》袋に、お金を入れ忘れたの。いいチャンスをいただいたわ。今日はお金をプレゼントさせてちょうだい」

そう言って先生は、あっという間に衣服を脱ぎ捨て、素っ裸になったのだ。

(こんなことがあってもいいのか)

ぼくは夢を見ているのかもしれない。目の前で先生は、つやつやと輝いている

なめらかな太腿を、左右に開ききったのだ。

その奥底に、ひっそりと埋まっている肉の翳《かげり》を、聡はぼんやりとした目で追うしかなかった。

「週刊誌のヌードグラビアを、聡君は指でこすっていたでしょう。モザイクを消したかったのね」

立てた両膝をかかえ、平井先生は意地悪な質問を投げてきた。現場を見られてしまったのだ。今になって、めそめそした言い訳なんかしたくない。聡は一人で気合いをこめた。

「男だったら、見たいと思うのが、普通です。モザイクが掛かっていると、なおさら猥らしく見えてくるんです。それに、もしかしたら、モデルさんの躯《からだ》に欠陥があるのかもしれないなんて、余計なことも考えてしまいます。だって、今まで一度も、あの、女の人の股の奥を見たことがなかったんです。どんなことになっているのか、気になるのは普通のことだと思います」

聡は自分の考えていることを、素直に伝えた。

「ねえ、聡君は今、なにも着ていない女性の、ねっ、太腿の奥を見たことがない

って言ったわね。それはほんとうのこと？」

相変わらず先生は、膝小僧を両手で抱いたまま、真面目顔で聞いてきた。

どこを見ていいのかわからない。膝小僧を抱いていても、先生は素っ裸なのだから。おっぱいもちらちら覗いてくるし、やっぱり、立てた太腿の丸みが、ものすごくエッチっぽくて、自然と目が向いてしまうのだ。

「ええ、はい、一度もありません」

聡は咄嗟《とっさ》に答えた。

「あなたの言葉を、先生は信じます。よかったわ。それでね、今日は、あなたが中学生だったとき、あなたにあげたお年玉の熨斗袋に、お金を入れてあげようと思ったの。わたしのお金でも、我慢してくれるわね」

先生の話す言葉の内容を、聡は半分理解して、半分は首を傾げた。お金なんかいらない。モザイクの掛かっていない女の人の、太腿の奥を覗いてみたいだけなのだ。

それも、今は平井先生の……。

それでも聡は、自分の目と耳を疑っている。目の前で、背中を丸め、膝を抱い

ている女の人は、ほんとうに平井先生なんだろうか。お年玉の熨斗袋に、お金を入れてあげますと言った女の人は、いったい誰なんだ？　と。

「あの、あなたはほんとうに平井佳子先生ですよね」

聡は念押しした。

「あら、まだ信用してくれないの。わたしは平井佳子ですよ。もう一度言います。六年前に聡君が通学していた土浦中央中学校に教育実習生として伺ったとき、一緒にお勉強をしたでしょう。あなたたちはわたしのことを、教生先生と呼んでいたわ。今は世田谷《せたがや》の市立中学校で英語の先生をしている平井佳子ですよ。間違いありません」

「ぼくは少しずつ思い出してきました。教職員用の更衣室で、先生はおっぱいを見せてくれました。たった二、三秒だったと思います。そうだ、先生の乳首はきれいなピンクで、ぴょこんと尖っていました。今も、ですか」

そこまで思い出して聡は、ソファのすぐ脇に膝立ちになって、先生の裸にあらためて目を向けた。

剝《む》き出しになっている肩のまわりはほっそりとしているし、首筋も細くて長い。

立てた膝の下側からちらりと覗いてくる太腿の肉づきは、とても柔らかそうだ。聡はこっそり生唾を飲んだ。平井先生でなくても、素っ裸になったきれいな女性が目の前にいることを、にわかに信用できなくて、だ。

しばらく聡の様子をうかがっていた先生が、

「六年前の聡君は、とっても素直で純粋な中学生だったわ。わたしの弟にしたかったほどよ。でも、ほんとうに久しぶりに再会した長崎聡君は、とっても逞しくて、立派な青年に成長していました。あなたが週刊誌のグラビアを、こっそり見ている姿を、偶然、目にして、わたし、微笑ましくなりました。幼かった長崎聡さんにも、思春期がおとずれたのかしら、って」

先生は感慨深そうに、そして思いやりのある言葉を、ひと言、ひと言紡《つむ》いだ。

「いつもいつも、エッチ週刊誌を盗み見しているわけじゃありません。ときどき、です」

聡は苦しい言い訳をした。

「いいのよ、女性のヌードに興味を持つのは、男の子が正しく成長していく証拠です。でも、間違った方向に進んではいけないと思って、それで、わたしのお家

に、お誘いしたのよ」

「間違った方向、って、どんな方向ですか」

「具体的に言うと、女性の裸に興味を持ちすぎて、痴漢になったり、下着ドロボウに走ったり、もっと悪くなるとレイプもあるでしょう。聡君は、そんな男性になってほしくないの。だって、あなたはほんとうに素敵な男性に成長していたんですもの」

「それで先生は、裸になってくれたんですか」

「そうよ。女の人の躯を正しく理解しておくことも、これからもっともっと立派に成長していくあなたの人生にとって、とっても大事なことです。英語だけではなく、人間はどうやって生きていくかを、正しく教えてあげるのも、わたしのお仕事だと思っているのよ」

聡は夢から覚めた思いに浸《ひた》った。ソファの上で膝小僧をかかえているきれいな先生は、平井佳子先生に間違いない！　先生の優しさとか気配りが、ひしひしと自分の躯に伝わってくる感じがして、だ。

「ぼく、今、急に思いつきました」

聡の声に張りが出た。

「あら、なあに？」

「今、平井先生が大学ノートを出してきて、先生に対する注文とかお願いがあったら、遠慮なく書きなさいと言われたら、迷わないで書きたいことが、いくつか浮かんできたのです」

「どんなことかしら？　ここには大学ノートがありませんから、お口でおっしゃい」

聡は大きく深呼吸をした。

遠慮しちゃいけないんだ。頭の中にむくむく浮かんできた内容を、正直に伝えればいいんだ。でも、言葉で表現することは、文字で記すよりずっとむずかしくて、恥ずかしいということを、聡は改めて知った。

しかし、もたもたしていてはいけない。まごついていると、言いそびれてしまうかもしれない。

相変わらず膝小僧をかかえたまま、先生の顔が前のめりになってきて、目の奥をきらきら光らせる。聡がなにを言い出すのか、とても興味を持っているような

表情で。

聡はこほんとひとつ、咳《せき》払いをして、ふわふわと、あっちこっちに揺れ動く気分を落ちつかせた。そうだ！　先生は今、二十八歳か二十九歳になっているんだから、恋人の一人や二人いたかもしれない。恋人の前で裸になったこともあっただろう。でも、恋人の前で、こんな明るいところで素っ裸になって、猥らしい恰《かっ》好《こう》になったことがあるのだろうか。

教養のある先生が、ぼくの知らない男の人の前で裸になって、太腿の奥を見せびらかせたことなど、一度もないはずだ。いや、決してそんなことがあってはならない。聡は勝手に、自分に言いきかせた。

先生にとって太腿の奥は、ものすごく大事な躯の一部なのだから。

もしも裸になったにしても、外側だけ見せたんだ。

聡は腹に力をこめた。ぼくが初めての男になってやる！　と。

「あの、それじゃ、はっきり言います。先生の股の奥の、あの、肉の中身を見せてください」

「えっ、中身……？　中身って、どういうこと？」

「週刊誌のヌード写真に掛けられていたモザイクを剥《は》がしても、多分、モデルさんの外側の肉しか出てこないと思うんです。ぼくが見たいのは、ですから、中身です。おしっこが出てくるところ、とか」

先生の目が、いくらか引き攣《つ》った。長い睫毛《まつげ》をぴくぴく震わせたり、薄桃色に染まっている頬に、かすかな痙攣《けいれん》を奔《はし》らせたりして。

急に先生は黙りこくった。聡は顔を伏せた。ぼくのお願いは、やっぱり無理があったのかもしれない、と。

かかえた膝小僧に顎《あご》を乗せ、聡の表情をじっと見すえた先生の口からは、ひと言の声も出てこない。しばらくして先生は、やっと口を開いた。

「わたしにも、大学ノートをまわしてちょうだい。あなたに対する、わたしからのお願いを書きたいの」

「ええっ、ぼくに？」

「そうよ。わたしだけが、あなたのお願いを聞いてあげるのは、不公平でしょう。男女は平等です」

「ええ、まあ、そうかもしれません。でも、ここには大学ノートはありませんか

ら、口で言ってください。ぼくにできることだったら、すぐさま、なんでも実行に移します。先生のお願いなんですから」

「そう、ありがとう。それじゃ言います。聡さんもここで、お洋服を全部脱いでちょうだい。オチンチン……、いいえ、違いました。あなたのペニスを見せてください」

ぎくりとして聡は、まじまじと先生の顔色をうかがった。目尻はにこにこ笑っているようにも見えるが、青く澄んだ瞳には一点の迷いもなく、聡をじっと見つめていたのだった。

二

ぼくは卑怯《ひきょう》な男になりたくない。先生のお願いだったら、なんでもやりますと、大見得《おおみえ》を切ったばかりだった。聡は気合いを入れなおした。先生はすでにパンツも脱いでいるのだ。恥ずかしいなんて、言っている場合じゃない。それに、ぼくがまだ洋服を着ていること自体、男らしくない。

聡は自分に強く言いきかせた。

「脱ぎます。全部脱ぎます」

威勢よく言ったつもりだったが、言葉尻が震えた。

「うれしい。さっそくわたしのお願いを、実行してくれるのね。素敵よ。心が躍ってくるわ」

膝小僧から手を離した先生は、半開きになった唇に指先を当てた。

「でも、先生、最初からお断りしておきます。男の場合は太腿を開かなくても、実物は全部見えてしまうんです。その……、ぼくのペニスは、外に向かって飛び出しているんですからね」

「いいのよ、そんなこと。わたしだって、わかっています。ですから、ねっ、早くお洋服を脱いでください。パンツも、よ」

先生の息づかいが急に荒くなって、言葉がうわすべりになっていく。

「それから、あんまり期待しないでください。ぼくの、あの、チン……、いえ、ペニスは、そんなにでかくないんです。ぼくなりに判断すると、中の中くらいで、全然、自信がありません」

唇を押さえたまま、先生はなにもしゃべらなくなった。呼吸を整えているみたいで。

覚悟を決めて、聡は立ちあがった。

(あっ、見えた！)

腹の中で聡は叫んだ。先生は膝小僧から手を離しているから、立てた膝の隙間《すきま》に、黒い毛の群がりがちらりと覗いたのだ。蛍光灯の光に反射して、もやもやと茂る毛が、きらきら光った。

なんだか上品そうなヘアだ。聡の目には、そう映った。

(あっ、いけねーっ！)

突然、聡は腰を引きたくなった。刺激にはとても敏感に反応する躯になっていた。先生の黒い毛の群がりを、ほんのちょっと目にしただけで、ブリーフの内側に、かーっと熱い電気が奔って、男の肉の先端がなんの断りもなしに勃《た》ちあがって、ブリーフをこすったからだ。

いきり始めると、途中で止めることはできない。

「あん、早く脱いでちょうだい」

焦《あせ》った物言いになった先生の口調は、命令調というのか、哀願調というのか。声がかすれたのだ。が、どちらにしても教生先生は、早く見たいと願っているらしい。はい、すぐ脱ぎます。腹の中で答えた聡の手は、ジーパンのベルトをほどき始めた。

しかし男の肉の膨らみようは、秒単位のスピードで加速し、おまけに根元のほうがずきずき痛み始めたのだった。

つい今しがた、先生には断っておいた。ぼくのペニスの大きさは中の中くらいで、自信がありません。が、今の感触では中の上くらいまで、でかくなっているかもしれない、と。

それでも聡は、ブリーフもろともジーパンを引き下げた。

「あっ、それっ！」

かすれた叫び声をあげた先生の膝が、ゆらりとゆるんだ。少しずつ左右に開いていく。たった一分ほど前、ちらりと覗いた黒い毛の群がりが、その形状をはっきり示してきたのだ。

むっちりと盛りあがっているような肉の丘を柔らかく包んでいるヘアは、面積

の小さなハート型で、毛の質は細くて短そう。

もう止まらない。

先生の秘密の茂みをはっきり見てしまった男の肉は、さらに、脈々と成長していき、筒先を包む薄い皮膚は、紅色に染まっていくのだ。

紅色を濃くしていく笠も、痛いほど膨張していく。

「あーっ、見えました。あなたは体格も立派に成長していましたけれど、あん、オチンチン……、いえ、そうじゃなくてペニスも、びっくりするほど逞《たくま》しくなって、それに、形も素敵です。めりはりのはっきりとした男性の象徴になっていたのね」

えっ、めりはり？　先生の表現に、聡は小首を傾げたが、不恰好ではないと、先生は誉めてくれたのだ。聡は自分なりに理解した。

「ぼくのペニスは、汚らしくないんですね」

「汚らしいなんて、とんでもないわ。形が整っているんです。色もきれいで、清潔そうよ」

ソファの背もたれから半身を起こした先生の上体が、だんだん前のめりになっ

てくる。聡の股間に向かって、すり寄ってくるのだ。そんなに近づいてこないでください。聡は止めたくなった。男の肉の先端に生温かくて荒い息づかいが吹きかかってきて、くすぐったい。

下半身を剥き出しにしているというのに、まだサマーセーターを着ているなんて、不細工だ。聡は股間をやや迫り出し、かなり乱暴な手つきでセーターを脱ぎとり、全裸になった。

「あーっ、長崎君！」

聡の股間に集中していた先生の目が、聡の頭のてっぺんから爪先までを、何度も往復した。が、ところどころで目の動きが止まる。わりと分厚い胸板の筋肉、いきり勃ったままの男の肉、そして意外なほど逞しく育っていた太腿で。

「高校時代、なにかスポーツをしていたの？　聡さんの躯を見なおしてしまったわ」

先生の声には真実がこもっている、聡の耳には、そう聞こえた。

「なんにもしていません。でも、どこに行くのも、できるだけ歩いていました。早足です。予備校に行くときも、バスのほうが便利ですけれど、街を歩いている

と、いろんなものが目に入ってきて、勉強になりました」

「わかったわ。街を歩きながら、きれいな女の人を探していたのね。でも、とってもいいことだわ。勉強ばかりしないで、社会勉強をすることも大切なこと」

先生の話は真面目になったり、少しエッチっぽくなったりして、忙しい。

「それで、先生、ぼくは洋服を全部脱ぎましたけれど、これからなにをすればいいんですか」

衣類をすべて脱いだ二人は、生まれたまんまのスタイルでいるというのに、聡はまるで様にならない問いかけをしていた。宿題を忘れた中学生のように、すっかりしょげてしまって。

それもこれも、相手の女性は中学生時代の憧れの先生だったから、極端に動きが鈍くなっている。

先生は少し考えた。

先生、そんなに猥らしい恰好をしないでください。男の肉はますます元気になって、先漏れの粘液が滲み始めたのだ。この体液も、止めることはできない。

なぜなら先生は、事もあろうに、胡坐《あぐら》をかいたからだ。洋服を着ていても、そ

んな女性らしくない、はしたない恰好をしてはいけません。聡は注意したくなったが、言葉が出る前に、目が点になった。

ハート型を描く黒い毛はほぼ丸見えになったし、ピンクに色づいた乳首は、聡を誘っているかのように、ときどき、ぴくんと弾むのだ。

(先生は女の人の羞恥心《しゅうち》やたしなみを、どこかに置き忘れてきたみたいだ)

見ているほうが恥ずかしくなってくるほど、先生は全身を解放している。

「ついさっき、聡君はわたしに言ったでしょう。股の奥に隠れているお肉の中身を見せてください、って」

「あっ、はい。それは、あの、ぼくの強い願望なのです。でも、先生に断られたら、ぼくのお願いは引き下げます。先生のきれいなおっぱいや、それから、ハート型の黒い毛を見せていただいただけで、ぼくは満足していますから」

「あら、わたしは一度も断っていませんよ。今、わたしの頭にあるのは、わたしがどんなポーズを取ったら、わたしのお肉の中身を、一番正しく見せることができるか、一生懸命、考えているんです」

「ええつ、そんなにたくさんのポーズがあるんですか」

先生のひと言に、聡は息を吹きかえした。秘密の肉の中身を見せてもらえる可能性が残っていたのだ、と。

「あなたも、ある程度は知っているでしょう。女性の性器は、とっても窮屈な場所に取りつけられているんです。男性のペニスとは大違いですよ」

聡は内心で、ぐすんと笑った。先生はとっても愉快な人だ。しかし、窮屈そうな場所にくっ付いているらしいことは、だいたい想像が付いていた。

「そうですよね、男の肉は隠しようもないんですが、女の人の秘密の肉は、いつもしっかり身をひそめて、なかなか外に出てきません」

こらっ！　静かにしていろと、ぶるんぶるんと揺れる男の肉の先端を、聡は指で弾きたくなった。男の肉は恥知らずな臓器なのだ。一旦、勃ちあがってしまうと、慎みを失う。おまけに涙を滲ませて。

「前からがいいのかしら。それとも後ろから？　ううん、でんぐり返しになってもいいわね」

とんでもないことを口走っているというのに、先生の目つきは真剣だ。

でも、先生って、おかしい。聡はまた腹の中でぐすぐす笑った。そして、先生

の躯に負担がかからないような恰好で見せてもらったら、ぼくはうれしいんですと、言いたくなった。

「太腿を一番大きく開くことができるのは、やっぱり、でんぐり返しかしら」

先生の言葉は自分に問うているのか、それとも聡に尋ねているのかよくわからない。が、聡は自分なりに即断した。

でんぐり返しがいいと思います！　と。

先生の秘密の肉だけじゃなく、お臀の穴まで見えてしまいそうだ。ましてや、今、準備に取りかかろうとしている女性は、憧れの先生だった。中学校時代の友だちに自慢してやりたい。ぼくは平井佳子先生のでんぐり返しポーズを見せてもらったんだぞ、なんて。

そんな大胆な恰好をしてもらったら、先生の秘密の肉の中身まで、全部、見せてもらうことになる。

「わかったわ、でんぐり返しね。わたしはまだ二十八歳でしょう。でもね、最近、躯が少し硬くなってきたみたいなの。でんぐり返しはストレッチにもなるわね」

とんでもない恰好になることの恥ずかしさを吹き飛ばしてしまいたいのか、ず

いぶん言い訳がましい言葉を吐くなり、ああっ！　先生はいきなり、カーペットを敷いた床にすべり下り、仰向《あおむ》けに寝たのだ。

聡はおろおろしながら、先生の様子をうかがった。毛足の長いワインレッドのカーペットに仰臥《ぎょうが》した先生の白い裸がまぶしいほど輝いて見えたからだ。

先生の目元に、やっとはにかみの笑みが浮いた。

「わたしの躯は、細いでしょう。おっぱいも大きくならないの。聡さんは六年の間に、こんなに逞しい躯に成長していたのに、わたしは六年前と同じなの。ううん、少し縮んでしまったかもしれないわね」

先生は独り言のようにつぶやいて、ピンクの乳首を尖らせる乳房の下側を両手の手のひらで、そっと支えあげた。

聡は声を大にして反論したくなった。

先生の胸にホルスタインみたいなデカ乳《ぱい》は、似合いません。だいいち嫌いだ。週刊誌のグラビアにも、ときどき載っていた。地球の引力に負けて、だらしなく垂れ下がってしまったような乳房を。

そんな巨大な乳房に限って、乳暈《にゅううん》がでかくて醜《みにく》かった。

でも、先生のおっぱいは神聖だった。

五十円玉くらいの大きさの乳暈に、一点の濁《にご》りもない。ぼくは中学生のときからそう想像して、おっぱいを見せてくださいって、図々しくお願いしたんです。聡は正直に、そう伝えたくなった。

股間の丘に、もやもやっと茂る黒い毛も同じだ。ハリネズミみたいな剛毛が、もじゃ付いていたら、幻滅だ。先生の薄毛が素敵です。六年前と同じ形のおっぱいだったから、ぼくは震えるほど昂奮して、力任せに抱きしめたい衝動にかられているんです。

聡は大声で、そう叫びたくなった。

その上、でんぐり返しになって、秘密の肉の中身を見せてくださるなんて、ぼくはどれほど幸せなことか。

その瞬間、聡ははっと胸を打たれた。仰向けに寝ていた先生の両足が、すすっと垂直に立ちあがったからだ。鉄棒の逆上がりのような恰好で。

「聡さん、お願い。足首を持ってちょうだい」

悲鳴のような先生の声が、聡の鼓膜に響いた。あわてふためいて聡は先生のお

臀の真後ろに立って、小刻みに震える先生の足首を、しっかり握った。

三

「少しずつ、ねっ、わたしの足を左右に開いてちょうだい。足が折れそうになったら、ちゃんと助けてくださいね」

女性としてはこれ以上ない辱《はずかし》めのポーズを取ろうとしているのに、先生の声に甘えが混じった。いや、甘えることによって、女性の恥じらいを打ち消そうとしているのかもしれない。聡はそんなふうに受けとめた。

「辛くなったら、いつでも言ってください。すぐ、やめます」

自分の額から大粒の汗が滲んで、頬に伝い、胸板まで垂れていることに、そのとき聡は気づいた。室内は適温だし、力仕事をしているわけでもない。それなのに、こんなに汗をかくのは、緊張と昂奮のせいだ。

あーあっ、鳩尾《みぞおち》のまわりや太腿も汗まみれ。でも、先生の足首を離すわけにはいかない。

ぎょっとした。先生は自らの意思で、掲げた両足を左右に開きはじめたからだ。全体は華奢《きゃしゃ》な体型なのに、太腿の肉づきはむっちりとして、吾を忘れて見とれてしまうほど、美しい。

ぴっちりと重なっていた内腿の奥が、徐々に剥がれていく。聡は覗きこんだ。左右に割れていく太腿の奥底を。

(先生の秘密の肉だ！)

聡の目は点になった。恥丘を柔らかく包んでいた細い毛は、さらに細く見えて、二枚の肉の畝《うね》を、くっきり浮きあがらせていたのだ。

(少し腫《は》れているみたいだ)

しかも光沢《こうたく》のある栗色に染まって、そのまわりは粘っこそうだ。こんなひどい恰好になりながらも、

(先生も昂奮しているんだ)

聡は素直な気持ちで、先生にお礼を言いたくなった。今の先生の昂ぶりが、熨斗袋に入れてくださったお年玉のお金じゃないですか、と。

ああっ！　聡は自分の昂奮も抑えることができなくなった。先生の太腿が、ほ

ぼ真横に開ききったからだ。体操の選手がマット上で逆立ちになり、大開脚しているのと、同じ恰好だ。

二十八歳になって、躯が硬くなったなんて、とんでもない。ぼくはまだ十九歳ですけれど、股はこんなに開きません。聡は先生を励ましてあげたくなった。

先生の足が開ききったから、両方の足首を同時に持つことが困難になった。しょうがないから聡は、先生の太腿を抱きかかえた。

先生との距離が、一気に縮まった。

太腿のまわりから、手のひらや二の腕に、先生の体温が伝わってくるし、太腿の柔らかみに直接ふれることによって、昂奮の高まりがさらに加速していくからだ。

宙に浮いた先生の両足が、恥ずかしさをこらえているのか、両方の爪先を、ぴんと跳ね上げる。

アキレス腱が、きゅっと引き絞られた。

これは、すごい！　先生の秘密の肉が、目の真下に開かれて、だ。少し盛りあがっているように見えるふたつの肉の畝は、ひくひくと絶え間なく引き攣れ、縦

に切れた肉筋から、水滴になった透明の粘液が、とろとろと滲み出てきて、肉の畝に染みこんでいく。

肉の畝が粘っこそうに見えたのは、この透明の粘液のせいだ。聡はやっと理解した。

「先生の、あの、そこが、濡れています。おしっこをもらしたわけじゃないんでしょう」

聡は見たままを報告した。

「あん、あなたが見たいと言ったのは、そのお肉の外側じゃなくて、中身でしょう。あのね、中身が見えるほど、まだ開いていません」

「でも、あの、ぼくの両手は先生の太腿を抱いているので、なんにもできないんです。それに、先生の太腿をさわっていると、ものすごく気持ちよくて、離したくないんです。もっと強く、ぎゅっと抱きしめたくなっているんです」

「それじゃ、わたしの手で開きなさいと、あなたはお願いしているのね」

「は、はい。先生の太腿を抱きしめながら、あの、中身を見せてもらったら、ぼくは、それだけで大満足して、もしかしたら、びゅっと噴き出してしまうかもし

れません」

ああっ！　どこからともなく伸びてきた先生の指が、薄い毛をもやもやと茂らせる肉の畝を、ぐいと左右に押しひろげたのだった。一本の縦筋で区分けされていた肉の畝が、ぬちゅと音を立てて、小さな菱形に裂けた。

「ねっ、見えたでしょう、中身が」

先生の声が途切れがちになり、鼻声になった。

ほんとうに、見えた。邪魔っけなモザイクなど、かけらもない。

（きれいな朱色だ）

菱形に裂けたその内側から、ぬるっと顔を覗かせた肉は、ぬるぬる。聡の目に焼きついた。

「先生の中身は、あの、よく見なおすと桃色です。溢《あふ》れてきます、いろんな形をした肉が。それに、いい匂いです。ぼくの鼻が引きよせられていくんです。この匂い、ぼく、大好きです。舐めてみたいほど、です」

正直な感想を報告しているうちにも、菱形に裂けた肉の畝の、一番上のほうに飛び出ている鳥のくちばしのような芽が、ぴくっ、ぴくっと震え、小粒の真珠を

埋めこんだような小さな丸い襞が、ぴかりと光ったのだ。

(あっ、そうか。これがクリトリスなんだ)

聡は実習した。先生にもクリトリスがあったんだと、聡はなぜか安心した。その下側に埋もれている突起物は、タコの吸盤に似ている。もしかしたら、この吸盤からおしっこが出てくるのかもしれない、なんて、想像したりして。

女の人の膣内は、いろいろな肉や粘膜が複雑に組み合わさって、しかも、ひっきりなしにうごめいている。それぞれが大切な役目、機能を果たしているのだろうと聡は、さらに顔を寄せ、深く見つめた。

その点、男の肉はおしっこの出口と、男のエキスが噴き出てくる穴が同じで、その構造は、実にシンプルに仕上がっている。

少なくとも、女性器ほど、複雑じゃない。

だから女の人のセックスは、いろんな形をした粘膜を総動員して、気持ちのよさを増幅させているのだろう。けれど、男は簡単だ。気持ちよくなったら、筒先からびゅっと噴き出すだけなのだ。

時間もそれほどかからない。

至近距離で秘密の肉の中身を見せてもらった、学習効果だった。

「先生は、まだ疲れていませんか」

聡は先生の体調を気づかった。でんぐり返しをいつまでもつづけていると、血液が逆流して、苦しいはずだ。

「ううん、まだ大丈夫よ」

先生は気丈に答えた。

「まだ大丈夫だったら、ぼく、お願いがあるんです」

「ああん、なあに?」

「先生の秘密の肉の中身は、ちょっと濃いめの桃色でした。いろんな形をした肉が、透きとおっているんです。内側に埋もれているのに、汚れがありません。それに、奥のほうから、透明の粘液が滲んできて、中身全体をつやつや光らせているんです。それで、ぼくは、あの、舐めたくなりました。ものすごくきれいなつゆですから、どんな味がするのか、ものすごく興味があります。匂いもよくて、ぼくの口が引きよせられていくんです」

「聡さん、そんなことは、いちいち断ってはいけません。わたしだって、どう答

えていいのかわからなくなるでしょう。そうよ、わたしだって、いつ、あなたの舌が、わたしの膣《なか》に入ってくるのか、ずっと待っているんです。女のわたしから、おねだりできないでしょう、はい、どうぞ舐めてください、なんて」

ごめんなさい。ぼくはそれほど図々しくないし、だいいち、経験不足なんです。腹の中で謝って、それじゃ遠慮なくいただきますと小声で言い、菱形に裂けた肉の湾を目がけて聡は、さらに口を寄せた。

呼吸が荒くなっていた。

湾内に溜まっている透明の粘液の表面に、小波が立ったのだ。

どこから？　聡は悩んだ。

二、三秒考えて、聡は舌を差し出した。肉の湾を作るまわりの粘膜は、いくらか色を濃くして、赤茶に変色している。小皺《こじわ》を刻ませて、だ。聡はさらに口を寄せた。舌先を尖らせた。肉の湾に沿って、一周させた。

少しざらついた襞を、舌先で伸ばすようにして。

「あーっ、ねっ、どこを舐めたの？」

先生は甲高《かんだか》い声を発した。ぐぐっと股間を突き上げて。聡の舌先を迎えいれる

ように、だ。その拍子に肉の湾を這っていた舌先が、暗い空洞に吸いこまれた。

空洞のトバ口が、ひくひくっと引き攣れて、舌先を締めつけてくる。あっ！　どこからか、先生の両手が伸びてきて、聡の頭を掻き毟《むし》った。

昂ぶりを抑えつけられないような。

そして頭を押さえ、さらに、股間を突き上げてくる。聡の顔は先生の手と股間の肉に挟み撃ちになって、空洞に差しこんだ舌が、奥に向かってのめりこんでいく。柔らかくて粘っこい粘膜に取り囲まれた。

舌にまとわり付いてくる粘膜は、ぺとぺと、ねろねろ。甘酸っぱい味が、口の中に広がった。糖分を濃くしたスモモの味に似ている。

鼻の頭あたりで少し固めの突起物が、ぴくりと跳ねた。きっとクリトリスだ。聡はすぐにわかった。

クリトリスもきっと、ぼくの舌を待っているのだ。すぐさま判断した聡は、空洞から舌を抜いて、肉の湾の先端を探った。やや固めの突起物が、舌先で転がった。

固いというより、弾力がある。固めのゴムのような。舌先を尖らせ、下から上

に向かって弾いた。

「うっ、ううっ」

先生はうめいた。舌をつかいながら聡は視線を上げた。そして、先生の表情をこっそりうかがった。唇を真一文字に閉じて、歯を食いしばっているのだ。細い眉毛《まゆげ》はへの字に釣れあがって、赤く染まった頬っぺたを、ひくつかせている。

しかも顔面は、汗みどろ。

先生のこんなに紅潮した表情を見るのは、初めてだった。

苦しそうにも見えるし、なにかに耐えているようにも見えて、まるで知らなかった先生の一面を、聡はしっかり瞼《まぶた》の底に焼きつけた。

「先生の秘密の肉の味が、やっとわかりました。熟したスモモの味です。甘さと酸っぱさがミックスされて、おいしいんです。でも、奥のほうからひっきりなしに滲んでくる粘液は、すっごく濃厚で、舌を離すと糸を引くんです」

自分の舌で充分舐めた粘液の味を、できるだけ正確に報告した。

「ねえ、聡さん」

ひしっと閉じていた先生の瞼が、ひっそり開いた。

「あっ、はい、なんですか」

聡は緊張した。いい気になって舐めまわしていたから、そんなにしつこい子は嫌いよと、怒られるかもしれない。でも、どんどん温度を高くしてくる粘膜や粘液から、舌は離せない。

甘味だけではない。複雑に入り組んでいるらしい肉襞が、舌先でごにょごにょうごめいて、もっと奥まで来てと、訴えている。

聡はそう感じた。

「わたしは猥らしい女でしょう。こんな淫らな恰好になって、ああん、わたしの内緒のお肉を舐めてもらっているんですから。それも六年前は、わたしの教え子だったあなたに」

なにを急に言い出すんですかと、聡はやや腰が引けた。

「いえ、あの、先生が大事にされている秘密の肉を舐めさせてくださいなんて、無茶なお願いをしたから、こんなことになってしまったんです。先生の責任じゃありません」

聡は懸命に先生をかばった。

「ありがとう。あなたは優しい男性ね。うれしい。でもね、今からちょうど六年前、わたしは初めて男性の前で、ブラジャーをはずしたのよ。それは長崎聡君という一人の中学生が、とても勇気のある魅力的な少年だったからなの」

「あのときも、無茶なお願いをしたのは、ぼくだったんです。先生の責任じゃありません」

「そのときね、わたしは一人で決めました。こんなにすばらしい少年と、またどこかで巡りあったら、そのときは、わたしの躯をあげましょう、と。ただし、あなたがいやだと言わなかったら、よ。それが、今日だったのね」

先生のひと言ひと言が、裸になった素肌をずきずき刺してくる。いやです、なんて、言うはずがない。

が、聡は内心、焦りはじめた。

先生の秘密の肉の中身を舐めていたときから、男の肉の根っこあたりがずきずき疼《うず》きはじめ、先漏れの粘液の量が増しているのだ。筒先はもう、ぬるぬるで、ものすごく恥ずかしい。

「先生、あの、ぼく、ちょっと具合が悪くなってきました」

半分泣き声になって、聡は訴えた。

少しでも気をゆるめたら、でんぐり返しになったままでいる先生の裸のどこかに、びゅっと噴きかけてしまう危なさを感じて、だ。

「あん、どうしたの？」

心配そうに先生は聞いた。

「はい。ぼくの昂奮度が、そろそろ限界に達してきて、あっちこっちにばら撒《ま》いてしまいそうなんです」

「まあ、出そうなのね」

先生は気を利かせてくれた。

「先生の秘密の肉の色とか形に見とれて、それから、スモモの味がするおつゆを舐めていましたから、股の奥が煮えたぎってきたんです。ぼくって、我慢のない男なんです」

「そうね、我慢が足りないわね。ああん、出したらいけません。わたしにはまだ、お願いがあるんです」

「えっ、ぼくはまだ、なにかするんですか」

仰向けに寝ていた先生の全裸が、すっと上体を立ちあげた。すっかり乱れた長い髪を指先で掻きあげながら、先生はかすかな笑みを含んだ眼差《まなざ》しを、聡に向けた。

教生先生の厳しい表情はすっかり消えて、愛しい男性に甘え、すがるような目つきになっていると、聡は感じた。

「お願い。あなたの逞しいペニスで、ねっ、わたしのほっぺやお鼻、それからお口を叩いてちょうだい」

「ええっ！　先生の顔を、ですか」

「そうよ。音が出るほど強く叩いて」

聡は急いで先生の顔と、そそり勃ったまんまの男の肉を見比べた。やっぱり、筒先は先漏れの粘液に濡れ、ぬるぬるだ。みっともない。そんなこと、絶対できません！　聡はすぐさま断りたくなった。

こんな汚れた肉で、先生の美しい顔を叩いたりしたら天罰が下るかもしれない、と。

「だめです。見てください。ぼくの肉の先っぽは汚そうな汁がいっぱい出ていて、

ねばねばです。こんな汚れた肉で、先生の優しい顔を叩いたら、先生の顔はぼくの汁にまみれてしまいます。気持ちが悪いでしょう」

ついさっきまで蒼く澄んでいた先生の目は、いつの間にか薄いピンクに染まっていた。

自分よりずっと歳上で、中学校のときの先生だというのに、聡は力いっぱい抱きしめてあげたい衝動にかられた。そうしてあげないと、泣き出してしまいそうな表情に見えたから。

先生の顔を叩くなんて、ひどいことはできない。

それに……、先生の顔と男の肉が少しでもこすれ合ったら、それだけで、びゅっと噴き出してしまう。

「女はね、愛しい男性の体液に濡れたいと思うときもあるのよ。汚くないの。ですから、さあ、叩いて」

先生の瞼が大きく開いた。睫毛をぴくぴく震わせながら。そして顔をやや仰《の》け反《ぞ》らせた。けれど、目は笑っている。ぼくだって先生は愛しい。先生の言葉に間違いはない。

顔を叩いてちょうだいという先生の言葉の真実は、まだ充分理解できないけれど、先生のお願いなんだ。ちゃんと聞いてあげて、実行に移すのが生徒の務めだろうと、聡は自分に言いきかせた。

まるで勢いを失わないで、強く、激しく迫《せ》りあがっている男の肉の筒を握って、聡は先生の顔の真ん前に立ちはだかった。

「ほんとうに、叩いてしまいますよ」

それでも聡は念押しした。声は返ってこないけれど、先生の顔はさらに仰け反った。長い髪を垂らして、だ。さあ、力いっぱい叩いてちょうだいという、覚悟の姿勢に見えた。

もうやるだけだ。赤く染まった頬の真ん中に、男の肉の先っぽを押し当てた。それだけで、先生の頬に、半透明の先漏れの粘液が染みついた。

いやがる様子はない。じっと見あげてくる先生の目元に、それはうれしそうな和《なご》みが浮いたのだった。

男の肉の筒を握る聡の指に、力がこもった。ごめんなさい……。お腹の中で小さく謝って聡は、先生の頬を、ぴたっと打ちつけた。先漏れの粘液が飛び散って、

先生の鼻の頭を汚し、そして薄いピンクの口紅を塗った唇を濡らしていく。

「あーっ、もっと、もっと叩いて」

唇を大きく開いて、先生は叫んだ。

そんなに大きく口を開けてはいけません。先漏れの粘液が飛びはねて、口の中に入ってしまいます。口を閉じてください。そう言いたかった。が、その前に数滴の粘液が、先生の赤い舌に粘ついたのだった。

ああっ！　聡はびっくりした。見るからに汚そうな粘液の染みついた舌を引っこめて、口をもぐもぐさせたのだ。男の体液を、それはおいしそうに味わっているふうにも見える。

匂いもするでしょう。聡は気づかった。

もう、やめよう。が、先生の表情がどんどん柔らかくなっていく。悦《よろこ》んでいるふうで。どこかうっとりしているような、自己満足に浸っているような。

もうやめようと思っていたのに、聡は男の肉の先端で、先生の唇をなぞっていた。葛湯《くずゆ》のような色あいの粘液が、ピンクの口紅を、ものすごくエッチっぽく光らせていく。

軽く叩いてみた。先生の唇がぽっかり開いた。

ぼくはどうしたらいいんですか？

(先生の目つきが、どんどん猥らしくなっていきます)

聡は途方に暮れた。これ以上つづけたら、ほんとうに、びゅっと噴き出してしまう。事実、男の肉の根元に激しい脈が奔って、そのたびに、筒先がびくん、びくんと跳ねるのだ。

しかしそのとき、聡は我慢の限界を感じた。

先生がなんと言おうと、どんなに抵抗してきても、ぼくはもう、出てしまいそうです！　先生の躯をどうしたいのか、はっきりとした目的が定まらないうちに、聡は先生を組み伏せていた。

真上から覆《おお》いかぶさった。自分の体液で濡れている先生の頬を、両手で挟んだ。びっくりするほど先生の頬は、ほてっていた。聡は夢中になって舌を使った。先漏れの粘液で濡れた先生の頬、鼻の頭、唇を舐めまわす。

「ねっ、きて」

先生の小声が耳の底に響いた。

真上から組み伏せた太腿を開いていく。ぼくの躯を迎えいれようとしているような。聡はそう感じた。

「ぼく、入っていってもいいんですか」

聡は聞いた。

「わたしの膣《からだ》の、奥までよ。こんなに素敵な気持ちであなたをお迎えできるなんて、信じられない。うれしいの。ずっと我慢してくれていたんでしょう。出そうになっていたのに。でも、わたしも、今すぐ、いってしまうわ。ですから、あーっ、いつでもいいんです。わたしの躯を、あなたはほんとうに上手に誘ってくれたんですもの」

言葉の終わらないうちに、先生の腰が、ぐぐっと浮きあがった。

男の肉の先端から、ぬるぬるっと埋まっていく。

聡は想像した。ぼくの男の肉は、赤い襞が入り組んでいた先生の、あの奥深そうな暗い空洞に挿《さ》しこまれていっているのだろう、と。

そうすると、男の肉の筒の上側は、ぴくんと剥き出ていたクリトリスに当たっているはずだ。先生はきっと、暗い空洞の粘膜とクリトリスの突起の両方で感じ

ている。

聡はそう判断した。

だったら、もっと感じてほしい。

聡の腰は勝手に動きはじめた。上下運動だけではなく、前後に動いたり、筒先をまわしたり。これほど大胆に腰を使うことができるのも、先生の秘密の肉の中身を、よーく見せてもらった結果だ。

「あーっ、あなたはお上手よ。腰の使い方がすばらしいの。大きくて元気なあなたのお肉が、ねっ、わたしのお肉をこすったり、突いたりして、あん、気が遠くなっていくほど、気持ちよくなっていきます」

先生はほっそりした首筋に、細い血管を浮かせて喘《あえ》いだ。

ううっ。聡はうなった。

先生の唇がいきなり飛びついてきたから、だ。おびただしい唾液を載せた舌を差しこんできた。二人の唾が互いの口を往復する粘り音が部屋の壁に響く。

聡は先生の背中とお臀に手をまわし、支え持った。仰向けに寝ている先生の背中は、薄いカーペット一枚で、痛くなっているのではないか、と。

唇を合わせたまま、先生はひっそり瞼を開いた。

目尻から一滴《ひとしずく》の涙が流れてきて。

「聡さん、今ね、わたし、いっているんです。わたしがなにを言っているのかわかるでしょう。こんな素敵な気持ちになったのは、初めてよ。ほんとうです。あーっ、またいくわ。あなたも、ねっ、いって。二人で一緒にいきたいの」

かすれ声をもらした先生の瞼が、ふたたび、ひっそりと閉じた。

表情は穏やかなのに、男の肉を飲みこんだ先生の秘密の肉は、ひっきりなしに、激しくうごめき、聡の肉を翻弄《ほんろう》してくる。生温かい粘膜と粘液が、男の肉のまわりを刺激しまくってくる。

股間の奥底に赤い火花が飛び散ったように、聡は感じた。

「先生、出ます。出します。いっぱいですよ。先生の秘密の肉の真ん中あたりにあった暗い空洞の奥のほうに、びびっと飛び散っていきますからね」

聡は叫んだ。

「あっ、はい。そうよ。わたしの躯の芯まで、勢いよく……、ね」

先生の声が切れた。

瞬間、閃光の勢いで噴き出していった大量の男のエキスが、奥深い空洞の、さらにその奥を目がけて飛び散っていったのだった。

二人は声もなく、力任せに抱きあったまま、快楽の波間で意識を失っていったのだった。

十年目のロストヴァージン

一

義理の姉に説明された市立小学校の校門が二十数メートル先に見えてきたとき、高木《たかぎ》弘明《ひろあき》の足の運びは、急に鈍くなった。

(安受けあいするんじゃなかった)

と。

昨日の夕方、義理の姉である高木朱実《あけみ》から電話がかかってきた。

「洋司《ようじ》さんは出張中でしょう。わたしは入院中のお義母《かあ》様のお世話があって、どうしても手を離すことができないの。それでね、明日の夕方五時半に、佑香《ゆうか》の学校に行って、保護者面談に出ていただけないかしら。ねっ、お願い」

義理の姉に懇願《こんがん》された。

洋司とは四歳年上の実兄である。外資系のコンサルティング会社に勤めていて、

年中閑《ひま》なしの身だった。佑香は実兄の一人娘で、今年、小学校の三年生に進級したばかりだったが、弘明には妙に懐《なつ》いてきて、歳の離れた妹感覚で、遊び相手にもなっていた。

その上、義理の姉は、弘明の懐《ふところ》具合を計算して、ときどき、こっそり遊びの軍資金をまわしてくれるありがたい女性だったので、無下《むげ》に断ることもできなかった。

ふたつ返事で承知したものの、いざとなって、弘明の躯《からだ》は明らかにへっぴり腰になっていたのである。

代理保護者としては、実に頼りない。佑香の遊び相手になっているものの、彼女の学校の成績、さらには得意分野、苦手教科など、まったく知らなかったからである。

義姉《あね》は笑いながら言った。

「適当に答えてくださったらよろしいのよ。佑香はまだ小学校の三年生でしょう。担任の松島《まつしま》先生はとっても優しくて、きれいな方ですから、世間話でもするつもり、ね、お願いします」

義姉は付け足した。

松島先生の歳はいくつなんですか。弘明はついでに聞いた。還暦間際のおばさん先生だったら、おれも急病になってやると、密かに構えたのだが、

「確か、二十九歳になられたとか。結婚なさっているのよ。そうだわ、二十九歳だったら、弘明さんとおない歳だったのね」

と言い、けらけらっと、さも愉快そうに笑った。

（二十九歳の人妻先生か）

だったら興味半分で、代理保護者の役目をこなしてみるかと、重い腰をあげたのだが、小学校の門前まで来て、弘明の気分は急に重くなったのだ。

子供のときから、とても優秀で利発なお子さんねと、親類縁者から誉めそやされて育ってきた実兄と違い、弘明は学歴劣等、やんちゃ坊主のガキ大将的存在で、母親は何度も学校に呼び出され、厳しく家庭教育を指導されていた。

小学校、中学校時代の自分の姿がトラウマになって、引っこみ思案になっているのだ。

（おれには、代理でも保護者面談はとても無理な話だよな）

考えれば考えるほど弘明は気弱になり、さっさと踵《きびす》を返したくなった。

が、弘明は懸命に己の気持ちを奮い立たせた。おない歳の人妻先生が待っているのだ。美人さんらしい。

学歴劣等でも、女性を相手にする話術は長《た》け、酒の席ではモテ男だったのである。言いかえると誰にも負けない女好きだった。

弘明は重い気分を蹴散《けち》らして校門をくぐり、面談室のドアの前に到着したのは、定刻の五時半ぴったりであった。

ドアを軽くノックして弘明は、失礼しますと礼儀正しく挨拶をして、ドアを開けた。

スチール製の長細いテーブルの前に座っていた女性は、どうぞお入りになってくださいと、頭も上げずに言った。

その女性が松島なる女先生であることは、間違いなさそうだ。しかし書類に目を通している最中らしいが、無愛想な女だと、弘明はいくらか憮然《ぶぜん》とした気分に浸《ひた》った。

おれも保護者の一人なのだ。顔くらい上げろよ、と。

ずかずかとテーブルの前まで歩いて弘明は、わたしは松島先生にお世話になっ

ている高木佑香の叔父にあたる高木弘明と申しますが、佑香の両親の都合が悪く、保護者の代理人として参上しましたと、大仰に挨拶をした。

言葉の終わらないうちに、女先生の顔がひょいと向きあがった。

えっ！　弘明はまじまじと、縁無しの丸眼鏡を掛けた女先生の、びっくり顔を睨《にら》みつけた。

「弘明君……！　でしょう」

最初に声をあげたのは女先生だった。

「綾乃《あやの》じゃないか！」

間髪入れず、弘明は大声をかえしていた。

「ねっ、どうして弘明君が、ここに？」

キツネにつままれたような顔つきになって、女先生は問いかえしてきた。

「どうしても、こうしてもないよ。おれ、今、言っただろう。高木佑香の代理保護者として、担任の松島先生に面談されに来たのさ。しかし、おかしい。綾乃の姓は富田《とみた》だっただろう。なんで松島になっているんだ」

あまりの驚きと奇遇に面食らって、女先生が人妻だったことも忘れ、弘明は鋭

く詰問した。

ぐふっ……。含み笑いをもらした女先生は、そっと丸眼鏡をはずしながら、ぽっと頬を染め、うつむいた。

数秒、二人の間に沈黙の時間が流れた。

——弘明が旧姓、富田綾乃と奇遇とも思える巡りあいで再会したのは、ちょうど十年ぶりのことになる。二人は県立高校の同級生で、三年間を同じ学《まな》び舎《や》に通った。勉学をおろそかにしながらも弘明は、バレーボールがおもしろくなり、クラブ活動に夢中となった。

同じバレーボール部で活動していたのが、富田綾乃だった。高校時代でも彼女は一メートル七十センチほどの身長で、そのすらりとした容姿は、同級生たちの憧れの的になっていたのである。

部活用の淡いブルーのユニフォームはショートパンツで、その裾《すそ》から伸びる彼女の、それは健《すこ》やかな太腿《ふともも》は、弘明の蒼い官能神経を日夜くすぐった。

そろりと撫でたら、気持ちいいに違いない。もちろんその当時、弘明は正真正銘の童貞で、実物の女の裸を、見たこともさわったこともなかったのだが、高校

に進学したころから覚えた手動式自慰《マスターベーション》の相手に、綾乃のなめらかで、伸びやかな太腿が、たびたび出てきたことは、今でもはっきり覚えている。

(綾乃の太腿の根っこあたりは、どんな形になっているのだ?)

夢想しながら手動を開始しても、はっきりとした形状は出てこない。彼女の恥毛の濃淡さえ描かれてこなかった。

が、あやふやな妄想でも、若いエネルギーは大爆発した。綾乃を相手にしたとき、その飛距離は図抜けて長く、噴射量も多かった。

卒業間際のある日、弘明にとって、予想もしていなかったチャンスがおとずれた。バレーボールの練習を終えて帰宅しようと、最寄りの駅に歩いているとき弘明は、体育館の更衣室に忘れ物をしたことを思い出した。着替えをしたユニフォームを入れたビニール袋を持っていなかった。

ユニフォームを忘れたことは、何度もあった。ガキ大将はあわて者だったから。そのたび、母親に叱《しか》られた。弘明のユニフォームは、とっても汗臭いんですからね。すぐ取りにいってらっしゃい! と。

母親に小言は、何度も聞きたくない。

体育館まで引きかえすと、あたりは薄暗くなっていた。男子用の更衣室のドアを開けようとしたとき、隣にある女子用更衣室のドアが、小さな軋《きし》み音を響かせた。

ドアの内側から出てきたのが、綾乃だった。

どうしたの？　言葉をかけようとしたが、喉がかすれて、正しい言葉にならなかった。

「頭が痛くなって、少し休んでいたの」

綾乃はそう答えた。

咄嗟《とっさ》に弘明は、病院に連れていってやろうかと考えた。

どんな具合なのかと弘明は、綾乃のそばまで走った。

「病院に行こうか。連れていってやるよ」

弘明はやっと言葉にした。

辛そうな顔をして、目の前に立っている女性は、憧れの人だった。薄闇の迫った体育館の片隅で二人っきりになっているという緊張感が、弘明の言動を超ノロマにしたのである。

あっ！　そのとき弘明は小声をあげた。綾乃の上半身がよろけて、弘明の胸元にゆらりと倒れてきたからだ。

無意識に抱きとめた。

動機はなんであれ、女性の躯を自分の両手でしっかり抱きしめたのは、初体験だったのである。

そのとき弘明は初めて、女性の躯の香りを嗅いだ。新鮮な牛乳を温めたようなホノ甘さが鼻の穴に充満した。いつまでもこの女性を両手に抱きとめておきたいという、強い衝動が、全身を駆けめぐった。

「まだ、頭が痛いの？」

彼女の耳元に唇を寄せ、弘明は尋ねた。綾乃の顔がゆっくり持ちあがった。

「高校を卒業したら、わたし、北海道の大学に進学するの。父親の実家が札幌《さっぽろ》にあって、そこから……」

弘明は呆然《ぼうぜん》とした。

自分は埼玉県の私大に進学する予定だった。北海道なんかに行かれてしまったら、二度と会えないじゃないかという絶望感に浸って、だ。

「いつ、北海道に行くんだよ」

弘明の言葉づかいは、明らかにぶっきらぼうになった。

突然、なんの前ぶれもなく、彼女に見放されてしまったような気分になったからだ。

「卒業式が終わったら、すぐに」

両手に抱きとめた彼女の背中から、かすかな震えが伝わってきた。

「あのさ、綾乃が北海道に行ってしまうんだったら、ぼく、思いきって白状するよ」

心臓の動機を必死に抑えて、弘明は言った。

「白状って、なあに？」

「うん、あのね、好きだったんだ、綾乃のこと。夢の中にも何度も出てきて、ぼくは勝手に綾乃のことを抱きしめたりして、さ」

「今は、夢じゃないわね」

成りゆき上、真実を伝えたくなった。あと数日で会えなくなるという寂しさが、弘明を勇気づけた。今、白状しなかったら、二度とチャンスは巡ってこない。が、

さすがに弘明は思いとどまった。いくらなんでも、綾乃を相手に、自慰に耽《ふけ》っていたなんて口にしたら、頬っぺたが赤く腫《は》れてしまうような、強烈ビンタを食わされるかもしれない、と。

「もしかしたら、二度と会えなくなるかもしれないね」

口から出た言葉は、情けないほどしょげていた。

「弘明君は寂しいことを言うのね。北海道なんて、そんなに遠くないのよ。飛行機に乗ったら、一時間半くらいでしょう」

「それじゃ、ぼくが北海道に行ったら、会ってくれるのか」

「もちろんよ。三年間も一緒にバレーボールの特訓を積んできたお友だちでしょう。ウェルカムよ」

「だったら、あのさ、あの……、ほんとうの約束をしてくれよ」

弘明の声はしどろもどろになった。

ガキ大将の悪ガキだったが、憧れの女性を両手に抱きしめているという高揚感が、言葉を虚《うつ》ろにさせ、借りてきた猫になっている。

「うそじゃないわよ。連絡をくれたら飛行場まで、迎えに行くわ」

「ほんとうか？」

「わたしも、あのね、弘明君のこと、好きだった。大好きだったわ。いつも威張って、好き勝手やっている人だったのに、わたしを見てくるときの目は優しくて、こっそり笑ってくれたんですもの。この人って、もしかしたらテレ屋さんなのかもしれないと思って、うれしかった」

そのとき二人の唇は、いつの間にか重なっていたのである。

綾乃のウエストを真正面から抱きしめた弘明の両手は、糊《のり》づけされたように張りついて、離れなくなっていた。が、弘明ははっきり覚えていない。綾乃を相手に、どうしてそんな大胆な行動に出たのか、を。

長いキスだった。

唇だけの接触が、舌の絡《から》まりに変化し、お互いの唾を、音を立てて飲むようになっていた。弘明にとっては、もちろん、初めての熱烈なキスだった。

年の流れは次第に、人間の感情を薄れさせていく。大学に進学した弘明は、いつの間にか綾乃との固い約束を忘れていた。熱いキスの味もどこかに置き忘れてしまって、だ。

初恋は神様のいたずらか……。

その富田綾乃が、松島綾乃と姓名を変えて、目の前に現われたのだった。

二人の脳裏に十年前の初心《うぶ》な恋心が、ふいとよみがってきたことは、間違いない。

「綾乃は高校時代と、ほとんど変わっていないな」

口に出して弘明は、あわてて頭を掻いた。相手は松島なる男と結婚している人妻であるし、姪っ子の担任先生だった。気軽に名前を呼び捨てにしてはならないと、厳しく自分を戒《いまし》めた。

「弘明君も、ねっ、弘明君もお嫁さんをもらったんでしょう」

尋ねながら綾乃は細長いテーブルをまわって、真横まで歩いてきた。

「そんな厄介なことはしてないよ。大学はやっとこさ卒業したんだけれど、しゃちこばったサラリーマンになるのも面倒だから、父親の会社の手伝いをしたりして、自由気ままに生きているんだ」

「いいわね、弘明君って。生活臭が全然なくて。でもね、弘明君は高校生のころから束縛されることがきらいだったみたいだから、しょうがないわね」

「あのさ、おれ、だんだん思い出してきたよ。十年ほど前の、あの日のこと。キ

スは初めてだっただろう。怖くなるほど躯が震えて、綾乃の唇が離れていっても、歯がうまく噛みあわなくなって、顎《あご》がはずれてしまうんじゃないかって、心配になったんだ」

「わたしはね、三年前に結婚したのよ。高校の先生と。それでね、笑ったらいやよ、怒りますからね」

「結婚したら、どうしたんだ？」

「主人とも、ときどきキスをするでしょう。そのとき急に、弘明君の唾《つば》の味を思い出して、一人笑いしてしまうの。弘明君の唾の味は、リンゴの濃縮ジュースみたいだな、って」

頭の中で弘明は、綾乃のご主人に、ぺこりと頭を下げた。夫婦であるから、キスをするのは当たり前だろうが、そのたびに、十年前に飲んだ男の唾の味を思い出させてしまって、だ。

「綾乃がまだ独り身だったら、二人の唾の味を再確認したいところだけれど、綾乃もよその奥さんになっているんだから、もう、無理だな」

二人の間に広がっていた五十センチほどの深い溝が、すっと狭まった。綾乃の

足がすり寄ってきたのだ。

「弘明君は、わたしに謝る責任があるのよ」

綾乃の声が、わずかにとんがった。

「謝る……？　なにを？」

「すっかり忘れたんでしょう、あなたは必ず北海道に行くって、約束してくれたわ。それなのに、二、三回電話をくれただけで、音沙汰《おとさた》なしになって。悲しかった。あなたが北海道に来てくれたら、わたしの人生は全然違う方向に進んでいたかもしれないって、わたし、あなたのことを、怨《うら》んでいたときもありました」

（違う方向って、なんだ？）

胸のうちで何度も反芻《はんすう》しながらも、弘明の両手はとてもスムースに、彼女のウエストにまわっていた。

二

「おれが北海道に行かなかったから、怒っているのか」

　今は姪っ子の代理保護者で、担任の先生と面談しなければならないという重要な時間であることなどすっかり忘れて、弘明は改めて綾乃のどこか物思いに耽っているような表情に視線を注いだ。

　今もバレーボールをやっているかどうかは定かでないが、その面立ちは十年前とほとんど変わっていない。

　念入りな化粧を施しているとは、とても見えない。淡い口紅をほんのりと注《さ》しているくらいで、その素肌は健康的に艶めいている。

　それに、真っ黒な髪をショートカットにしているヘアスタイルも高校時代と変わっていない。イヤリングやネックレスもしていないし、爪は薄桃色のマニキュアを施しているだけで、街で見かける若い女たちの、けばけばしい色あいではない。

　そのファッションは、質素で地味な装いだ。この女性は飾らないところに美しさがあるのだ。弘明はぼーっと見つめた。

　しばらくの時間をおいて、

「わたしのファーストキスは、弘明君だったのよ」

声を鎮《しず》め、綾乃は独り言のようにつぶやいた。弘明は照れくささがこみ上げた。今ごろになって、なにを言うんだよ。十年も昔のことじゃないか、と。

「おれも初めてだった。綾乃の柔らかい唇がぴったりと張りついて、丸ごと食べてしまいたいような感じになって、さ」

「ねえ、あのときのこと、まだ覚えている？」

「もちろんさ。おれの初体験だったんだから。それも憧れの女性とだったんだもの、忘れっこない」

疑い深そうな目つきになった綾乃の視線が、弘明の顔面を射抜いた。

「あのときは、とっても恥ずかしくて、なにも聞かなかったのよ。弘明君て、変な人って、思っただけ」

「おれは変な男だったのか」

「そうよ。わたしたちのキスは、ものすごく長かったでしょう。弘明君の躯とわたしの躯はいつの間にか、一ミリの隙間もなく、くっ付いていたわ」

「ごめん。自然と手に力が入ってしまって、抱きしめていたんだ。離れたくなかったから。気持ち悪かったのか」

「気持ちが悪いというより……、あのね、弘明君はズボンの中にボールを隠しているのかもしれないって、そう思ったの。そんなに大きなボールじゃないないのよ。ううん、ボールじゃなくて、なにか尖《とが》ったようなもの」

はっとして弘明は、腰を引いた。

今も同じようなシチュエーションにいる。

が、弘明は正直に言い返したくなった。この女性は、高校のマドンナ的なアスリートだったのだ。かわいかったし、美人さんだったし、運動神経は抜群で、しかも成績優秀だった。

仲間たちの大勢が、チャンスを狙っていた。

その女性を両手に抱いて、おびたたしい唾が往復する熱いキスを交わしたら、股の奥の男の肉が、同時発火するのは仕方がないだろう、と。

すでに自慰の快感を経験していたから、男の肉が鋭く反応しても、やむを得ない。いや、むしろ、正しく反応するのが正常な男の生理である。

「あのとき、おれ、躯中がかっかと煮えたぎってしまったから、自分の躯がどんなふうになっているのか、よくわからなかったんだ。謝るよ、不快な思いをさせ

「大学に進んで、新しいお友だちもできたでしょう。いろいろなお話をしているうち、弘明君のズボンの中の突起物がなんだったのか、わかるようになったわ」

「きっと、ものすごく気持ち悪かったんだろうな。だって、あのさ、綾乃はヴァージンだったんだろう」

「それでね、わたし、そのとき決めたの。ファーストキスを弘明君にあげたから、あのね、ロストヴァージンも弘明君しかないって。そう決めたときから、あなたのズボンの中で大きくなった突起物は、絶対わたしのものって、一人決めしていたわ」

綾乃の視線は上を向いたり、下に向いたりして、急に忙《せわ》しなくなった。

この女性はおれに、激しい愛の告白をしてくれている。弘明は確信した。だから、ずっと待っていたの、北海道で。わたしが東京に戻って、あなたを訪ねることなんかできないでしょう。女は待っているだけ。ほんのわずか震えているような声で訴えた綾乃の顔が、生温かく、胸板に重なった。

(おれは大バカだった)

弘明は自分を責めた。

「わたし、大学を卒業して教員免許を取って、東京の小学校でお仕事を始めるまでずっと待っていたわ。でも、とうとう、あなたからは連絡が来なくて、あきらめました」

「それで結婚したのか」

「大学時代の先生の紹介で、お見合いをして。あなたに忘れられて、恋愛をする気もなかったし」

「今からじゃ、遅いだろうな」

綾乃の寂しい心の内をまるで察していないようなひと言が、弘明の口から無念そうに吐き出た。

胸板に埋もれていた綾乃の顔が、むっくりと起きあがった。

「遅い……って？」

じっと見つめてきた綾乃の大きな瞳から、一滴《ひとしずく》の涙がこぼれた。

「綾乃がまだ独身でいたら、おれ、床にひれ伏して謝って、おれ、これから、力のある限り努力するって申しこみたいんだけれど、綾乃はよその奥さんになって

いるんだから、そんなことをしたら、不倫奥さんになってしまう」

「わたしの躯には、あなた以外の男性の血が混じっているから、汚らわしいと思っているのね」

「違うよ。綾乃のご主人はどんな人なのか、なんにも知らないから、汚らわしいなんて、ちっとも思っちゃいない。でもさ、北海道で五年も六年もおれを待ってくれていたんだろう。その罪滅ぼしをしたいと思っているんだ。綾乃が許してくれるんだったら、だけどさ」

綾乃の顔がまた、胸板に埋もれた。

心臓の鼓動は伝わってくるし、両手を添えた背中は、小刻みな震えを奔《はし》らせる。

(おれは、どうしたらいいんだよ)

弘明はほとほと困り果てた。純愛などには、まるで縁がなかったから、なおさらだ。

小学校の校舎内でなかったら、力づくで組み伏せ、思いを遂げてしまいたい気分にもなっているのだが、この場所は姪っ子が通っている小学校の、神聖なる面談室だった。

無謀なる行動に出ることはできない。

「ねえ、弘明さん」

湿った声が胸板を震わせた。

綾乃もかなり緊張しているのだ。弘明はすぐに察した。呼び方がいろいろ変わってくる。弘明君だったり、あなただったり、弘明さんになったりして。気持ちの移ろいが、ひしひしと伝わってくる。

「今日は、大人しく帰ったほうがいいかな」

半分はあきらめて弘明は問いかえした。

「校庭の向こう側に、体育館があります。そこで待っててください。今ごろの時間は、誰も体育館に行きません。わたし、すぐあとを追いますから、ねっ、お願い」

胸板に届いた綾乃の声は、湿っぽい粘り気が混じっていた。

――体育館か。かなり広々とした校庭の塀に沿って立ち並んでいる桜や椿、梅の木立の隙間《すきま》を縫って歩きながら弘明は、表現しがたい胸のときめきを感じた。

綾乃は十年前にタイムトリップしようとしているのか。偶然の再会を祝して、挨拶代わりのキスを交わしたいのなら、面談室で用は足りる。が、わざわざ体育館を指定したのは、十年前の甘くて熱い思い出を再現したいからに違いない。

歩きながら弘明は確信した。

そして、胸の奥がぽっと温かくなってきて。

あたりは薄闇に包まれている。校庭の片隅に立てられた水銀灯が、青白い光を投げかけているだけで、人の気配はない。

体育館の前まで来て、弘明は見あげた。二階建てになっているらしいが、大きな建物は闇に没している。弘明はドアの前にたたずんで、腕を組んだ。

待つこと数分……。

えっ！　校庭の片隅を小走りに近寄ってくる人の姿に、弘明は目を凝《こ》らした。

綾乃だった。が、装いが違っていた。面談室で会ったときは確か、グレーっぽいスラックスを穿《は》いていたのに、今はスカートだ。

歩を運ぶたび、裾がひらひら揺れる。

弘明はなぜか胸騒ぎを覚えた。

息を切らせて走ってきた綾乃は、目の前に立ちどまるなり、弘明の手首をむんずとつかみ、あっちよ、と小声で言い、体育館の脇を走り出した。

彼女が教鞭《きょうべん》をとっている小学校である。体育館の周囲がどんな地形になっているのか、よく知っているだろう。

体育館の真後ろまで走った綾乃は、薄闇の中に立ちどまった。彼女の顔立ちがやっと浮き彫りになる程度の明るさが、どこからともなく射《さ》してくる。そして弘明の真正面に立ちつくすなり、呼吸も整わないうちに、その両手を弘明の首筋にまわしてきたのだった。

一メートル七十センチを一、二センチ上まわる長身だったが、薄闇の中でじっと見つめてくる綾乃の姿が、弘明の目には、なぜか小柄に映ってきたのだった。

「十年経ったら、わたし、ねっ、おばさんになってしまった？」

途切れがちの綾乃の声が、弘明の耳に届いた。

「綾乃がおばさんだったら、おれはおじさんになってしまう。いやだね、おばさんとおじさんの密会なんて」

「気持ち的には、全然変わっていないのよ、十年前と。ですから、ルージュもぬ

ぐってきたわ」

「暗くてよくわからないんだけれど、綾乃の瞳がきらきら光っていることだけは、ちゃんと見えるんだ。十年前の輝きが、そのまま残っている」

綾乃の瞼《まぶた》がひっそり閉じた。

弘明の首筋に巻きつけた両手に力をこめ、爪先だって、顔を寄せてきた。キスを催促している。弘明はしっかり感じた。

ウエストを抱きしめていた手に自然と力がこもって、弘明は綾乃を引き寄せた。生温かい彼女の息づかいに顔面が包まれていく。

「同じ匂いだよ、十年前と。綾乃の躯の匂いは変わっていない。若い青葉を、すぱっと切ったときのような」

「弘明さんも、甘いの。ねっ、いやじゃなかったら、わたしの唾を、飲んで」

瞬間、狂ったように二人の唇は重なった。舌を貪《むさぼ》りあう。お互い、猛烈にエキサイトしているせいか、口が渇いて、唾が出てこない。が、二人の舌は激しくもつれ、絡んだ。

反射的に弘明の股間に、強い欲望の力が漲《みなぎ》った。ブリーフをこすって、男の肉

は棒勃《だ》ちになっていく。隠すことはないんだ。弘明は自分に言いきかせた。綾乃も求めていたのだから。

迫《せ》りあがった男の肉を、綾乃の股間に押しつける。堂々と。

苦しそうに唇を離した綾乃の首筋が、小さな喘《あえ》ぎ声をもらして仰《の》け反《ぞ》った。ぐいぐい股間を押しかえしてくるのだ。

「ねっ、お願い、わたしのことを悪い奥さんだと思わないで。わたし、ずっと、あなたのことを待っていたのよ。十年目でやっと再会できたの。あーっ、素敵！感じているわ、あなたの躯を」

「おれの躯も、綾乃を待っていたんだ」

「それにね、十年前より、ねっ、あなたのズボンに隠してあるボールが、大きくなったみたい。わたしのお腹で弾んでいるわ」

「でもさ、ものすごく物足りないと思わないか。おれのズボンとか、綾乃のスカートが邪魔をして」

薄闇に慣れてきた目に、綾乃の、それはうれしそうな笑みが、ぽっかり浮きあがった。

んよ。主婦暦三年半の。男と女の生理を、少しくらい理解するようになっているわ。だから、ねっ、スカートに穿き替えてきたんです」

　さらさらっと言ってのけられ、弘明はまた綾乃の顔を、穴の空くほど見つめた。スラックスじゃ、脱ぐ作業に時間がかかる。が、スカートだったら、するりとたくし上げるだけで、股間は剥《む》き出しになる。

　えっ！　次の瞬間、弘明は大声をあげそうになった。この人妻は大胆にも、パンティまで脱いできたのではないか。

　すなわち、スカートの内側はもぬけの殻。

　その気になったときの女性は恐ろしい。時間とか場所は、意識外に追いやられることもあるからだ。

　が、綾乃の英断に応えてやるのが、男の優しさ、愛情である。ひと言も発しないで弘明は、すっとしゃがんだ。

「あーっ、なにをするの？」

　頭の上から、綾乃のかすれ声が聞こえた。

「男のおれがどのくらい昂奮しているか、綾乃はわかってくれただろう。それじゃ、綾乃の躯はどうなっているのか、確かめたくなったんだ」

「それは、ねっ、もしかしたら、ここで、あーっ、クンニをしてくれるとか」

思わず弘明は見あげた。十年の歳月は一人の可憐な少女を、大人の女に仕上げていた。クンニなどという俗語を、ためらいもなく口にするようになっていたのか、と。

弘明の気分は、ますます昂揚していく。

「綾乃はスカートに穿き替えてくれたんだ。だったらきっと、パンティも脱いでいるんじゃないかと、おれの胸は期待に膨らんでしまったんだ」

「でも、あん、シャワーはしていないわよ。少し汗もかいているし、それに、トイレにも行ったわ」

弘明はまた見あげた。

やや乱れたショートカットの前髪をすき上げながら、綾乃は顔を伏せた。

「昔から、料理は飾らずして味わえ、たとえがあっただろう。女性も同じさ。飾らない女性を味わうのが、一番うまい。シャワーなんかしたら、ほんとうの綾乃

の味が失われてしまうじゃないか。人工的な匂いなんか、嗅ぎたくないよ」

言葉の終わらないうちに弘明は、幾重にもフレアの入ったスカートの裾を指先でつまむなり、思いっきりよく、一気にめくり上げていた。

三

ああっ！　小さいが甲高《かんだか》い綾乃の叫びが、まわりの木立に反響した。

薄闇である。が、目の前で剥き出しになった綾乃の股間に、弘明は食い入った。生白く映ってくる太腿の中央部に、長身の綾乃の体型には似つかわしくない、小さな円形を描く黒い茂みが浮きあがったからだ。

やっぱり！　このときの来ることを、熱っぽく待ちのぞんで、綾乃は職員室のどこかで、さっさとパンティを脱いできたのだ。

その蛮勇に喝采《かっさい》を送ってやりたくなった。

だが、そのとき、綾乃の手はあわてふためいて動いた。円形の茂みを手のひらで覆《おお》い、腰を引いた。

「だめ、やっぱりだめよ。汚いわ。いやな匂いもするでしょう」

綾乃は抵抗の声をあげた。

「どうして？　おれの口を待っていたから、パンティを脱いできたんだろう」

「少しだけ。でもね、わたしにも女の恥があるの。変な味がしたり、匂ったりしたら、十年ぶりの再会を台無しにしてしまいます。あなたに、悪い印象を残してほしくないの」

「今、言ったばかりじゃないか。おれは綾乃の飾らない姿を、そのまま味わいたいって、て。匂いや味のことなんか、気にすることはなにもないさ。さ、片方の足を、そこの木箱に乗せて、太腿を広く開いてくれないか。おれの口は股の奥まで入っていけるし、舌を伸ばしたら、膣《なか》のほうまで差しこむことができるだろう」

「あーっ、弘明ったら！」

綾乃の声は、とうとう呼び捨てになった。

が、あきらめたのか、それとも恥ずかしさをこらえて目的を果たそうとするのか、綾乃はさらにスカートをめくり上げた。

大学時代もバレーボールの練習を積んでいたらしい綾乃の、伸びやかな両の太

腿が、薄闇の中で段違いに開いた。筋肉質だ。太腿の肉にゆるみはがない。この場所は小学校の校庭内だった。弘明は上体を仰け反らして、潜りこんだ。股間の形状に目を凝らしたが、はっきりとした形は映ってこない。

だが、弘明の鼻には、芳《かんば》しい香りが吹きこんできたのだった。ほんのわずかに酸味の効いた甘い匂いが。すぐさま弘明は、大きく開いた彼女の太腿の下側に手を添え、支えあげながら、口を押しつけた。

うぐっ。綾乃は確かに、そううめいた。瞬間、彼女の股間が、びくんと数センチ飛びあがった。そして弘明の口を目がけるようにして、ぐぐっと沈んできたのだった。

差し出した舌先が、生ぬるい肉のうねりの真ん中に、ぬるりと埋まった。それも、かなり深々と。複雑によじれる肉襞が舌先を取りまいてきて、ひくひく、むずむずとうごめいてくる。

綾乃の両手が、弘明の髪を掻き毟《むし》った。もっと深く男の舌のうごめきを味わい

たいのか、綾乃の股間は、上下、前後に揺れ、その揺れに合わせ、押し殺したようなうめき声、喘ぎ声をもらしつづける。

膣奥から滲《にじ》み出てくる粘液は、濃密だ。

甘酸っぱい匂いなのに、味は薄い。

薄闇のせいで視覚は鈍くなっているが、そのぶん、臭覚と味覚は鋭く反応する。

肉の裂け目からいったん舌を抜いて、大きく唇を開き、二枚の肉畝《うね》を頬張った。

そして吸った。とろみの効いた粘液は濃密で、完熟したマンゴーの味に似た、甘みと粘り気が、口内に充満する。

しゃぶり付きながら、ふたたび舌先を押しこんだ。

「あーっ、弘明！　入ってくるわ、ねっ、あなたの舌が、ぬるぬると。おくのほうまでよ。躯が浮きあがっていくの、あなたの舌に押しあげられて」

切れ切れの声をあげた綾乃の下肢が、木箱の上でふらついた。

綾乃の濃密な蜜が喉を通過していくたび、しゃがんだ股間で、男の肉が暴れまくる。数滴の先漏れの粘液をブリーフに染みこませながら、だ。

こんな刺激的なことをいつまでもつづけていたら、おれはブリーフの中に粗相《そそう》

をしてしまうかもしれない。弘明は危険を感じた。

弘明は彼女の股の奥から、顔を離した。

「あのさ、綾乃……」

弘明の声は明らかにしょぼくれた。我慢のできない自分の躯が情けなくなって、だ。

「ねっ、起きて」

なにかを察したのか、綾乃は両手を伸ばしてきた。

「こんな場所でひとつになりたいって言ったら、綾乃は笑うか」

弘明の声は哀願調になった。

「わたしも同じことを考えていたのよ。わたしは最初から、そのつもりでいましたから、ああん、パンティも脱いできたんです。弘明さんに直接さわってもらって、それから、ねっ、クンニもしてほしい、と」

なんてかわいい女の子なんだと、弘明は言葉を返す前に、ブラウスのボタンをはずして、震える手を差しこんだ。

やや固い膨らみ。

弘明の手は、そう感じた。

「あーっ、乳首が尖ってきたわ。あなたの舌が、ねっ、わたしの膣に入ってきて、動きまわったでしょう。それを感じて、乳首が痛いほど腫《は》れていって。お願い。つまんでちょうだい。それからお口に含んで、引っぱってほしいの」

これほど具体的な性戯を乞われたのは、初めてである。が、もう少し、気を鎮めなさいと諫《いさ》めることでもない。この人妻は、十年ぶりに再会した男に抱かれ、吾を忘れるほど昂奮してきたのだろうから。

期待に応えてやるのが、男の責任である。ましてや初恋の女性だった。

弘明はあわただしくブラウスのボタンをすべてはずして、前を大きく開いた。ブラジャーも着けていなかった。すべては覚悟の上で、体育館まで走ってきた。もっと明かりがほしい。弘明はそう願った。ゆらりと浮きあがった両の乳房は、やや小ぶりながら、美しい隆起を描いていたのだった。

弘明は目をそばだてた。確かに！　乳首は尖っていた。弘明は唇を寄せた。舌を出し、つんつんと突いてみる。

固くしこった乳首が、舌先で跳ねる。

「あーっ、そう、そこよ。吸って。引っぱって。痛くなるほどよ」

愛らしい人妻の、恥じらいを忘れたお願いには、全力で応えてあげなければならない。

乳房の頂《いただき》に唇をあてがい、舐《な》めて、頬張り、そして、つつっと吸ってやる。尖った乳首が乳房から剥離《はくり》してしまいそうなほど、伸びてくる。

ああっ！　叫びそうになったのは弘明だった。綾乃の手がズボンの腰まわりから、無理やり差しこまれてきたからだ。

ブリーフの内側まで、先を急ぐように、指先を潜らせてくるのだ。

「さわりたいの。ねっ、いいでしょう。わたしのお腹をずんずん突いてきた固いボールを。十年前から、あーっ、あなたの固いお肉は、わたしのものって、決めていたんですからね」

綾乃の声はかすれていく。

しかし手の動きは、目的地に向かって、着実に突き進んでくる。もっさりと茂る陰毛を掻き分けて。

（ちょっと、具合が悪い）

つい、弘明はへっぴり腰になって、綾乃の指の攻勢を避けようとした。先漏れの粘液はその量を増して、陰毛や筒先を濡らしている。さわったら、気持ち悪いに決まっている。

「あのさ、そ、そこは少し汚れているかもしれない」

弘明は指先が到着する前に、注意を喚起した。

「それじゃ、ズボンも下ろしてください。わたしが、きれいにぬぐってあげます」

「えっ、拭《ふ》いてくれるのか」

「早く。パンツが汚れてしまうでしょう」

どうしたらいいのだ？　弘明は真底困った。だが、弘明のためらいなど無視するかのように、綾乃の手が動いた。手慣れた手つきでズボンのベルトをほどくなり、ファスナーを引きおろし、ブリーフもろとも、ずるりと引き下げたのだ。

いきり勃った男の肉が、ブリーフのゴムを弾いて跳ねあがった。特段の巨砲であると、うぬぼれてはいない。しかし形はまあまあ整っているし、反り方は満点を与えてやりたくなるほどの、強靭《きょうじん》さを誇っていた。

ブラウスの前を大きくはだけ、スカートは腰のまわりで皺になっているという、

実に淫らな恰好《かっこう》をさらしたまま綾乃は、しばし呆然と、明弘の股間に視線を注いだ。

「ねっ、わたしを睨んでいるわ」

喉枯《のどが》れしたような声で、綾乃はつぶやいた。

「わりと元気だろう。でもさ、威勢のいい形をしているわりに、だらしないんだ。すぐに涙を流して泣いたりしてさ」

照れまくって弘明は、くだらない言い訳をした。

「弘明さんの涙、おいしいんでしょう。だって、あなたは十年前、わたしの唇を奪ってくれた素敵な男性なんだもの」

止める時間もなかった。

いや、弘明自身、止めるつもりは毛頭なかったのだ。心ゆくまで味わってくれと、弘明は股間を迫り出した。

綾乃の顔が沈んでいった。

きっと、ぬるぬるに汚れているだろう肉筒の根元に、彼女の指が巻きついてくるまで、それほどの時間はかからなかった。

「いい匂い。ううん、逞《たくま》しい男性の香りよ。高校時代と同じような。そう、脱穀したばかりのお米の匂い、ね。あーっ、お口が引きよせられていくの。ねっ、いいでしょう、お口いっぱいにくわえて、滲んでくるあなたの涙を、全部、ぬぐってあげます」

うぐっ。弘明はうめいた。

男にとっては、とても敏感な皮膚で仕上がっている鈴口周辺に、強烈な刺激を受けた次の瞬間、亀頭全体が生ぬるい粘膜に包まれていった。

綾乃の口が前後に振れた。

張りつめた笠に、きりっと歯が当たる。

ほんのわずかな痛みは逆に、男の快楽をさらに呼びさましていくだけだ。汚れているはずの男の肉が、この麗《うるわ》しい人妻の口にすべて飲みこまれていることを実感させているのだから。

男にとってこれほどの快楽はない。無意識に弘明は綾乃の頭を、両手で挟んでいた。頭を固定させ、腰を前後に振る。

うっ、うっ、うっ……。腰を使うたび、綾乃の喉が苦しそうに泣く。

（だめだ、いってしまいそうだ）

刺激が強すぎる。弘明は必死にこらえた。

かねがね自分は、決して早漏症ではないと自信を持っていたが、小学校の校庭内という特殊なシチュエーションが、男の昂ぶりをずかずかと加速させていくのだ。

その結果、不用意にも口内発射などやらかしてしまったら、笑いものになるだけだ。十年も待っていてくれた綾乃の、純なる夢をぶち壊してしまう。

弘明は無理やり引きぬいた。そして彼女の顔の前に、両手を差し出した。

「抱っこしてあげる」

優しく、男らしく提案したつもりの声が、激しく震えた。それでも、こくんと小さくうなずいた綾乃の手が、伸びてきたのだった。

弘明は一気に抱きあげた。同時に綾乃の両手が首筋に巻きついてきた。言葉を交わすこともなく、たった今までお互いの局部を舐め、しゃぶり、くわえていた唇が重なり、そして、狂おしいほどの勢いで舌がもつれ合った。

ほんのわずか青くさい唾液が、往復する。

「あーっ、弘明さん、あのね、あなたの大きなお肉が、ああん、わたしのお臀を真下から突いてくるわ。そこじゃないの。もう少し、前よ。入ってきて、一番奥まで」

切れ切れの声で訴えた綾乃の股間が、直立した男の肉の先端を探し求めるようにうごめいた。挿入《そうにゅう》されることを、急いでいる。アスリートとして鍛えた綾乃の長い脚が、弘明の腰のまわりにむんずと巻きついた。

自然の成りゆきだ。久しぶりに味わう抱っこ体位だ。

左右に割れた綾乃の臀を両手で支え、ぐいと筒先を突き上げる。

「あーっ、そ、そこよ。そこです。弘明、もっと奥まで、きて」

甲高い嬌声《きょうせい》が体育館の壁に響いた。

これっ！　そんなはしたない大声をあげたらいけません。ここは畏《おそ》れ多くも小学校の校内なんだ。もう少し先生らしい教養に満ちた声をあげなさい。そう忠告してやりたくなったが、声と同時に綾乃の股間が上下、前後、挙句の果ては円運動を展開して、躍動し始めたのだ。

ほんのわずか残っていた弘明の、大人の常識は、薄闇の空に去っていく。

静まる体育館裏に、凹《おう》と凸《とつ》がこすれ合う湿った摩擦音が、妖《あや》しい音色を響かせる。

弘明の首筋を抱きかかえる両手に力をこめ、綾乃は仰け反った。腰が反ったぶん、挿入感が深くなる。

あっ、うっ……。うめき声を連続させるたび、肉筒の根元までくわえ込んだ膣道の粘膜が活動するのか、肉筒全体が、きゅっ、きゅっと引き絞られる。

女の赤い欲望をあからさまにした綾乃の、全身を振り乱した動きに、圧倒されていくのだ。

今は小学校の先生とか、おそらくは大学教授に嫁《とつ》いだ奥さんであるという自分の立場をすべて放棄して、男の肉に酔い痴れている。

「わたし、もう、だめ。あーっ、わたし、きっと、今、いっているのね。そうでしょう。目の前が真っ白になっていくみたいよ。お願い。あなたも、いって」

途切れ途切れの喘ぎ声をあげた綾乃の顔が、弘明の肩口に、どさりと埋もれた。

遅れてはならない。

弘明は最後の力を振り絞った。筒先を突き上げる。膣奥深くに埋まっている襞

の壁を、打ち破る勢いで。

「綾乃！　おれも、いく！」

弘明は叫んだ。

「あーっ、はい。ねっ、ごめんなさい。わたしはロストヴァージンじゃないわ。でも、気持ちは十年前と同じよ。それで、勘弁してちょうだい」

瞬間、必死に堰《せ》きとめていた男のエキスの濁流が、襞の壁のさらに奥を目がけて火柱の勢いで噴きあがった。

両手に抱いた綾乃の全身は、ことりとも動かなくなって、胸板にもたれこんできたのだが。

ちょっと、待て！　今日の保護者面談の結果を、義理の姉にどのように報告したらいいのだと、弘明は頭をかかえたくなっていた。

ヤケボックイに火がついて……

一

一週間に一度、たっぷり朝寝のできる日曜日。頭からかぶっていた毛布を勢いよく跳ねのけて、川上慎太郎《かわかみしんたろう》が思いっきり背伸びをしたのは、昼前の十一時半をすぎていた。

いつものとおり、慎太郎の手は無意識に、己の股間に伸びた。パジャマのパンツが大テントを張りあげていることを確認して、慎太郎はつい、ニヤッと笑った。

男の元気を、しっかり確かめたくなっただけのことである。三十五歳は男の盛りだ。勇躍とした朝勃《だ》ちが、爽快《そうかい》なる一日のスタートだと考えている節もある。

一日の仕事を終え、近所の居酒屋で一杯呑んで、倒れこむようにベッドに潜りこむ夜は、親子ともども欲も得もなく、眠りこけてしまう。が、一夜の睡眠は、息子に新しいエネルギーを送りこむのか、元気《げんき》溌剌《はつらつ》の棒勃ちを誇示してくるのが

日常だった。

思いなおしてみると、この半月ほど、忙しさに追われて男のエネルギーを発散させていなかった。

(躯《からだ》に悪いぞ……)

自分をたしなめて慎太郎はベッドを飛び下りた。そして、窓に吊るしてある分厚い遮光《しゃこう》カーテンを引いた。

雲ひとつなく、真っ青に晴れあがった空がまぶしい。正月の三箇日《さんがにち》がすぎて、まだ二十日ほどしか経っていないのに、部屋に射しこんでくるぬくもりは、春の息吹を感じさせる。

(おいっ、こらっ！　今夜、さっぱりさせてやるから、もう少しの間、我慢していろ)

己の股間に向かって慰めの声をかけながら、慎太郎はベランダの向こうに走る道路に目をやった。

誰かの引っ越しだった。業者のトラックの荷台からタンスや冷蔵庫、ソファ、ベッドなどが次々と下ろされ……、ええっ！　このマンションのエントランスに

運びこまれているではないか。

そういえば、隣の部屋は一カ月ほど前から、空き部屋になっていた。とすると、引っ越してくるのは、隣の部屋か。

（隣人になるのは、どんな奴だ？）

慎太郎は目を凝《こ》らした。

部屋は二階だから、引っ越しの様子は手に取るように観察できる。

ああっ！　その直後、慎太郎は大声をあげそうになった自分の口を、あわてふためいて押さえた。

部屋には、自分以外、誰もいないのに。

（あの女は、香織《かおり》じゃないか）

間違いない。寒さよけに着ているらしい分厚い黒のセーターとジーパンが、長身の彼女の体型にぴったりマッチしているし、長い黒髪をオレンジ色のリボンで結んでいるヘアスタイルが懐かしい。

（だけど……、なぜ？）

人生の因縁といえばそれまでだろうが、慎太郎自身がこのマンションに引っ越

してきたのは、つい四カ月ほど前で、選りによって、香織が同じマンションに引っ越してくることはないだろうと、驚いたり、あきれたり。

うんっ！　しかも男がいる。トラックの前に駐車してあった白い乗用車から、野球帽をかぶった一人の男が出てきて、それは親しげに香織と話し始めたからだ。

香織の恋人か、それともご亭主か？

不思議を見つめるように、慎太郎の視線は、二人を追って、動かなくなった。

——川上慎太郎と下田《しもだ》香織の親密関係が、まこと些細な原因で破局を迎えたのは、一年半ほど前のことだった。

証券大手の志村《しむら》ホールディングスに勤務していた慎太郎と香織が親しくなったのは、証券会社のセールスマンが、業界新聞の女性記者をやっていた香織の取材に応じているうち、男と女の関係が、自然の流れに乗ってしまったからだ。

三十歳をすぎたばかりの慎太郎と、間もなく三十路《みそじ》を迎える香織が、お互いの肉体にみっしり溺れていくまで、さほどの時間はかからなかった。

香織はいい女だった。

一メートル六十七センチの長身は、学生時代バレーボールで鍛えた女体を全裸

にして、慎太郎を翻弄《ほんろう》した。二人の蜜月関係は三勤一休の勤勉さを継続した。ようするに、三日つづけて互いの肉体を求め、そして一日休むというスケジュールだったのである。

香織の悩ましい肉体は、慎太郎を夢中にさせた。

が、事件は突然、勃発した。

その夜、二人は渋谷のラブホテルにいた。二回戦が終了して、香織は慎太郎の腕の中で、心地のよさそうな仮眠に浸《ひた》っていた。一時間ほどして香織は、ふっと目を覚ました。慎太郎の裸の胸に指先を這わせながら、香織は甘え声で聞いた。

「わたしが妊娠したら、どうしてくれるの？」

ビクリとして慎太郎は、彼女の顔に視線を戻した。わりと真面目《まじめ》な表情だった。心底から香織を愛していたことは間違いない。この刺激的、かつ安穏《あんのん》とした関係をもうしばらくつづけていたいという気持ちは、そのときも変わりなかった。

だから、避妊には万全を尽くしていたつもりだった。

香織を愛していることは事実だったが、結婚願望はさらさらなかったのだ。一人の女性に束縛されるのは、早すぎる、と。

「危ない日は、きっちり教えてくれよ。妊娠されたら困るんだ」

慎太郎は率直な気持ちを伝えた。

そのひと言が香織の気持ちを極冷《ごくび》えさせた。

そうだったの……。彼女の口から、別れの言葉に似た短い単語がもれた。そして、二度と誘わないでください……。捨て台詞《ぜりふ》を残して、香織は慎太郎の前から、姿を消したのだった。

香織との関係は一年弱つづいていたが、この一夜を境にして、実に呆気《あっけ》なく終息を迎えた。

冷静になって考えてみると、彼女はおれとの結婚を真剣に考えていたのかもしれない。別れたあと、慎太郎はそう結論づけた。彼女にとっては、妊娠は結婚と同義語だったのだろう、と。それなのに、さらりと跳ね除《の》けられ、香織は落胆した——。

その香織がなんの前ぶれもなく、突然として目の前に現われた。しかも知らない男を同道して、だ。

(どうする?)

慎太郎は深刻に考えた。元恋人が同じマンションの同じ階の、しかも隣の部屋に引っ越してくるなんて、神仏の祟《たた》りとしか考えられない。

本来だったら、馴染みの食堂に行って、朝、昼兼用のトンカツ定食を腹いっぱい食べ、栄養補給をしようと考えていたところだったが、慎太郎は玄関から一歩も出られない状態に追いこまれ、すきっ腹にカップラーメンを流しこんで我慢した。

香織とばったり顔を合わせたときの対処の方法が、どうしても思いつかなかったからだ。ましてや彼女の横には、親密そうな男がいた。

怖れていたことが目の前に立ちはだかったのは、香織が隣の部屋に引っ越してきてから三日後のことだった。

生ゴミを入れたビニール袋を、ゴミの集積場に出していくのは、木曜日の早朝の出勤前と決めていたのだが、慎太郎は香織と出くわすことを避けて、水曜日の深夜にゴミを出しにいった。

薄暗い集積場にゴミを置こうとして、慎太郎は、ドキンとして足を止めた。

目の前に香織が立ちつくしていたからだ。真っ黒なダウンジャケットをはおった香織の顔が、恐怖を見つめるように、迫ってきたのだった。

じっと覗きこんできた。まばたきもせずに。

「慎太郎……、さん、でしょう」

数秒の時をおいて香織は、震え声を発した。パジャマの上に厚手のガウンをかぶっていた部屋着は、一年半ぶりの奇跡の再会にしては、みすぼらしかった。

慎太郎にとっては、ある程度、予期した出会いだったが、香織にすると、驚天動地の再会だったかもしれない。

「元気そうじゃないか」

なんと答えていいのかわからず、慎太郎は実に無愛想な言葉を口にした。

「ねっ、こんなところでなにをしているの？」

香織は言葉を継ぎ足した。

「見てのとおりだよ。ゴミを捨てにきたんだ」

「家から？」

またしても香織は、理解不能のような表情になって、慎太郎の顔を覗きこんだ。

「うん、家というのか、部屋というのか……」

一年半ほど前まで、慎太郎は世田谷《せたがや》の赤堤《あかつつみ》にある実家から会社に通っていたから、現住所である本郷《ほんごう》のマンションとは、はるか遠く離れている。

そのときになってやっと、香織は夢から覚めたような目つきになって、瞼《まぶた》をパチパチッとまばたかせた。

「ねっ、もしかしたら慎太郎さんは、このマンションのお部屋を借りていた、とか？」

世田谷の赤堤から本郷まで、わざわざ生ゴミを捨てにくるわけがないという現実を、やっととらえたらしい。

ここそこ逃げる理由は、なにひとつない。

先住民はおれなのだ。後から追いかけてきたのは香織だろうと、慎太郎は居直った。

「香織ちゃんが引っ越してきたのは、三日前の日曜日だろう。ぼくの隣の部屋に」

「えっ、慎太郎さんのお隣に？」

「うん。日曜日の昼、トラックから荷物を下ろしていた香織ちゃんの顔を見て、

びっくりして、あの日はカップラーメンしか食べられなかった」

「それじゃ、わたしのこと、知っていたのね」

「隣の住人になったんだから、そのうち顔を合わせるだろう思っていたんだけれど、そのとき、どう挨拶したらいいのか、はっきりとした答えが出てこなかったから、できるだけ顔を合わせないよう努力していたんだ」

「やっぱり冷たい男性《ひと》だったのね、慎太郎さん、て」

「だってさ、香織ちゃんは男と一緒だっただろう。仲よさそうにしていたじゃないか。ぼくが顔を出す隙《すき》もなかったから、さ。あの人はご主人なのか？」

答えはなかなか返ってこない。とても気まずい空気が、二人の間に冷たくこもった。

「寒いわね」

まるで関係のない言葉が、香織の口からもれた。恋人関係が無事に維持されていたら、すぐさま両手を伸ばして抱きしめてあげる環境なのだろうが、二人の関係は一年半前に破綻《はたん》していて、気安い行為に出ることを慎む状態にあった。

「ごめん、引きとめてしまって。部屋に戻ろうか」

実に素っ気ない声をかけ、慎太郎は階段に向かって重い足を進めた。もうちょい気の利いた場所で、アルコールでも入っていたら、おれの部屋に来ないか、くらいの冗談も出たかもしれないが、真夜中のゴミ集積場では、すごすごと引きあげるしか方法がなかったのである。

「あの人、主人じゃありません」

一歩後ろから付いてきた香織の口から、言い訳がましい言葉が聞こえた。それじゃ、誰なんだ？　追求したくなったが、慎太郎は口をつぐんだ。

あの男が何者であろうと、おれには関係ないことだろうと、強がった気分になって、だ。

「あのさ、香織ちゃんが隣の部屋に引っ越して来たからって、ぼくは当分、このマンションに住んでいるつもりだから、よろしくね」

半分はヤケクソ気分で、慎太郎は言葉を足した。

「もう、寝るの……？」

音もなく、すすっと足をすべらせて、真横に近寄ってきた香織が、慎太郎のガウンの袖《そで》をつまんだ。

「焼酎のお湯割りを二、三杯呑んだら、夢の世界に招いてくれるからね」

「一人で……？」

「こんな遅い時間に、酒の相手をしてくれる人は、あいにくといないんだ」

慎太郎の言葉づかいは、どんどん僻《ひが》みっぽくなっていく。

が、真横に立った彼女の肉体の、どこからか吹きもれてくる甘い香りが、一年半前までの蜜月時代を思い出させ、つい慎太郎は足を止めて、香織の顔をじっとうかがった。

「一緒に呑もうよって、誘ってくれないのね」

ふーん、今ごろになって、なにを蒸しかえそうとしているのだ。二度と誘わないでくださいと、捨て台詞を残して去っていったのは誰だったっけ！

慎太郎は強く言いかえしてやりたくなったが、彼女の甘い体臭が、反撃の狼煙《のろし》を腹の中に押しもどしていた。

「夜も遅いから、今から居酒屋なんかに行きたくないよ」

それじゃ、おれの部屋で呑もうかと、厚かましく誘うこともできず、慎太郎は中途半端な断りの言葉を返していた。

「わたしのお部屋にも、焼酎くらいありますよ」

心持ち膨れっ面になった香織の声が、慎太郎の耳には、ちょっぴり反抗的に聞こえた。

「えっ、香織ちゃんの部屋に！」

慎太郎は面食らった。

こんな時間に元カノの部屋にのこのこ押しかけ、酒を呑んだら、どのような結果が待ちうけているのか、深く考えるまでもない。

しかも一年半ほど前までの、蜜月時代も、彼女の部屋を訪ねたことはなかった。デートは居酒屋かスナックからスタートして、ラブホテルに直行するというスケジュールをこなしていたのだ。

「誰もいませんから、安心してちょうだい。さ、帰りましょう」

一人決めした香織の指が、慎太郎の手首をしっかりつかまえていたのだった。

二

一歩部屋に入って慎太郎は、注意深く目を配った。部屋の間取りは自分の部屋と寸分の変わりもない2DKである。

引っ越しをしてきてまだ三日目だというのに、ソファやテーブル、テレビなどの調度品は見事に整頓されていて、床一面に敷かれた絨毯《じゅうたん》の、淡いブルーの色あいが、部屋中に柔らかい温かさをこもらせていた。

それに……、男の臭いがない。

「おれの部屋より、ずっと住み心地がよさそうだな」

お世辞ではなく、慎太郎は本心からそう思った。

「焼酎のお湯割りでいいのね」

一年半のブランクを感じさせない二人の、遠慮のない会話が、緊張しきっていた慎太郎の気持ちを、一気に氷解させた。男と女の蜜なる肉体のつながりは、時に月日の経過を忘れさせることもある。

「濃いめがいいな。つまみはなんにもいらないよ」

いい気になって慎太郎はかなり上等そうなソファに、どっかり腰を下ろした。ソファの座り心地も、自分のソファよりはるかに上物だった。

「ほんとうに、お湯割りだけよ」

ふたつのカップを手にして香織は、なんのためらいもなく慎太郎の真横に腰を下ろした。二人の太腿《ふともも》が、ぴっちりくっ付いてしまうほどの至近距離に。

「ごちそうさま。とりあえず、再会を記念して、乾杯しようか」

慎太郎はグラスを掲げた。

寝る直前だったらしい香織の、ノーメイクの面立ちを、慎太郎はあらためてしげしげと追った。

やっぱり、いい女だ。ルージュを施していなくても、濁りのないピンクに艶めく唇は、すぐさま吸いつきたくなるほど女っぽいし、青く澄んだ大きな瞳は、肉体の健全、健康のシンボルにも映ってくる。

グラスになみなみと注がれた焼酎のお湯割りをひと口呑んだとき。慎太郎の体内に、ふいと男の欲望が芽生えた。

三日前の日曜日の朝、棒勃ち状態だった己の息子に言いきかせた。今夜、さっぱりさせてやるからな、と。が、元彼女の引っ越し騒動にショックを受けて、約束を反故《ほご》にしていたこともある。

男のエキスは満タンで、桃色炎を吹きあげるのは速い。

「あのさ、再会の記念にキスをしてみないか。キスだけだったら、妊娠を心配することもないだろう」

慎太郎は唐突に言い放った。

頬をゆるませ、愛らしい和《なご》みを浮かせていた香織の目尻がいきなり、きっと引き攣《つ》った。手にしていたグラスを、ゴトンとテーブルに置くなり姿勢を正して、睨《にら》んできたのだった。

しまった！　余計なことを言ってしまったと後悔しても、もう遅い。

「慎太郎さんはまだ、あの日のことを根に持っていたのね」

香織の声音がワンオクターブ跳ねあがったように、慎太郎の耳には届いた。

「根に持っていたわけじゃないよ。しかし、二人が別れた原因は、妊娠論議にあったんだから、注意しなければならないと思ってね」

「慎太郎さんはナイーヴな女の気持ちを、全然理解してくれなかったから、別れることになってしまったんです。あのとき、わたしは女の幸せ感に浸りきっていたの。それなのに、けんもほろろに言いかえされたのよ。わたしの心を、深く傷つけたんです。悲しくなって、泣いてしまったわ」

「ごめん。おれもちょっとびっくりしてさ。もしかしたら、香織ちゃんは妊娠したのかと考えたりして」

「おれが付いているんだから、心配しなくてもいい、って、そのくらいのことを言ってくれたら、わたし、また、安心して眠っていたかもしれない。だって、慎太郎さんのこと、わたし、ほんとうに愛していたんです」

香織の鼻が、グスンと鳴った。

一年半前のことを思い出して、泣きべそをかいているらしい。

「おれだって、大好きだったさ、香織ちゃんのこと。でもね、本心を言うと、結婚まで考えていなかった。香織ちゃんとの結婚生活が、うまく想像できなかった、というのかな」

「結婚してくださいなんて、ひと言も言っていなかったわ。でもね、女はどこか

で安心感がほしいの。太くて頑丈な杭につかまっていたいような」

この場をうまくとりなす手段はないか。考えを巡らしながら慎太郎は、焼酎のお湯割りをごぶりと呑んだ。奇跡的な再会をしたばかだ。また喧嘩別れは、まっぴらごめんだ、と。

多少のアルコールが血管内を忙しく駆けめぐったらしい。謝りの言葉を百回口にするより、度胸を決めた行動のほうが、この女性の気持ちを和らげるだろう。

実に身勝手な判断を下したとき、素早く慎太郎はグラスをテーブルに戻し、両手を伸ばし、香織のウエストを抱きしめていた。

あっ！　小声をあげた香織の指が、慎太郎の胸を押した。小さな抵抗が慎太郎の欲望をさらに強く焚《た》きつけた。

香織のウエストを抱きとめていた手に、自然と力がこもった。引きよせる。香織の全身から一気に力が抜けていった。ほぼ仰向《あおむ》けになった香織の上体が、慎太郎の太腿の上に、ゆらりと倒れてきたのだった。

見あげてきて彼女の目尻に、微笑《ほほえ》みが浮いた。それはうれしそうな。

「お髭《ひげ》が伸びているわ、慎太郎さんのお顔。わたし、急に思い出したの。朝まで

ホテルに泊まったとき、慎太郎さんは慣れないカミソリでお髭を剃って、顎《あご》に傷をつけたことがあったでしょう。お仕事は慎重な人だったのに、プライベートでは、ちょっとそそっかしくて。そんな慎太郎さんが、大好きだったの、わたし」

言葉を紡ぎながら香織は指先を伸ばしてきて、とても懐かしそうに、髭の伸びかけた顎を撫でた。

「髭の濃い男は嫌いか」

聞かなくてもよい問いかけを発して慎太郎は、照れまくった。

香織の素肌は敏感に仕上がっていた。

伸びた顎鬚で、素肌をさらした背筋を掃《は》き、乳房や太腿の内側を軽く撫でてやると、香織は全身をくねらせ悶《もだ》えた。本格的な前戯に入る前でも、香織の股間は生温かい蜜に濡れたものだった。

「ねっ、そのお髭で、わたしの肌を、あーっ、また撫でてくれるのね」

切れ切れの声をあげた香織の下肢が、そのときを待ちわびるかのように、ソファに乗った。

「おっぱいを撫でる前に、キスをしたいな。香織ちゃんの唾《つば》の味を思い出したら、

口の中に自分の唾が溢《あふ》れきたんだ」

「ああん、わたしの唾は梅干しじゃありませんからね」

「甘い梅干しかな」

痴語のやり取りは短めがいい。

仰向けになって無防備状態の香織の首筋に手をまわすなり、ぐいと引きよせ、慎太郎は唇を押しつけた。ううっ。小さな喘《あえ》ぎ声をもらした彼女の両手が、激しく首筋にしがみ付いてきたとき、二人の舌が、ねっとりとした粘り音を残して絡《から》んだ。

おおよそ一年半ぶりの交渉なのに、つい数日前味わったような美味なる唾液が、口の中に溢れた。

慎太郎は飲んだ。喉を鳴らして、だ。

二人の唾液が往復する。ソファに投げ出されていた香織の両足が、弾んだ。膝を折ったり、片足をソファの背もたれに乗せたりして。

唾に濡れた二人の唇が、やっと離れていったとき、香織は潤みの浮いた眼《まなこ》で、穴の空くほど慎太郎の顔を見あげてきた。

「あなたのお髭が唇のまわりをチクチク刺してきて、痛かった……。でも、その痛さがほんとうに懐かしかったの。わたしは今、慎太郎さんとキスをしているって、実感させられて」

「香織ちゃんの唾を飲んでいたら、あのさ、いきなりでかくなってしまった。どこがでかくなったか、わかるだろう。香織ちゃんの背中をぐいぐい押しあげている」

顔を仰向けにしたまま香織は、指先を伸ばした。慎太郎のガウンの前を割り、パジャマの股間に向かって、だ。

「キスだけじゃ、我慢できなくなったのね」

「当たり前だろう。香織ちゃんの唾には、強力な興奮剤が混じっているんだから」

「ねっ、前と同じように、ああん、見せて、見せてちょうだい。大きくなっているんでしょう」

香織の上体が、くるりと反転した。そしてソファからすべり下りるなり、慎太郎の膝の前にしゃがんだ。

大きな瞳をキラキラ光らせながら。

面立ちも体型も、一年半前とほとんど変わっていない。が、その気になったときの、いたずらっぽさや興味の示し方は、一年半の空白を一挙に埋めようとするような、積極性をあらわにしてくる。

女性にしては珍しく、香織は慎太郎の裸を見るのが好きだった。それも明るい場所で。ラブホテルの大型ベッドでは、大の字に寝かされた。

慎太郎にも、それなりの羞恥心《しゅうちしん》はあったが、一糸まとわない全裸を仰臥《ぎょうが》しているうち、男の肉がむくむくと勃ちあがっていった。香織の興味津々《きょうみしんしん》の目つきは、そそり勃っていく肉茎を、飽きることもなく睨みつけてきたものだった。

「裸になれって言っているのか」

表現しがたい昂《たか》ぶりに、慎太郎は襲われた。慎太郎にしては珍しい気恥ずかしさがこみ上げてきて、だ。

絨毯の上にしゃがみ込んだまま、香織はこくんとうなずいた。

そのとき急に、慎太郎の脳裏に、ひとつ疑いが浮いた。この一年半の間に、香織は何人に男と関係を持ったのだろうか、という。

引っ越しの日、野球帽をかぶった男と、それは親しそうに話していたが、あの

男とは、どんな関係なのか。

が、慎太郎はすぐさま、腹のうちで一笑に伏した。どうでもいいことじゃないか。おれも不特定多数の女と接していた。数え始めたら切りがない。

肝心なことは、一年半前の香織が目の前にいてくれればいい。それだけだった。どこかに恥じらいをこめた香織の、ほんのわずか震える指先が、ガウンの帯をほどき始めた。

「ねえ、お洗濯は誰がしているんですか。このパジャマとか」

彼女の問いかけの裏に、女の嫉妬《しっと》心がちらりとうかがえた。

「世田谷の実家にいたときは母親がやってくれたけれど、今は自分でやっているさ。一週間に一度、まとめてコインランドリーに持っていってね。洗濯から乾燥まで自動的にやってくれて千円ほどだから、安いもんだ。だからおれの部屋には洗濯機がない」

「信じられないわ。慎太郎さんが洗濯物を持ってコインランドリーに行くなんて」

「コインランドリーも捨てたもんじゃないよ。ときどき、とてもセクシーな人妻風の女性に出会ったりして、さ。おれの惨《みじ》めな恰好《かっこう》を見て、ひょっとしたら助け

てくれるかもしれないなんて、期待したこともあったんだ」

まあ！　小声をあげた香織の指が、力任せに脇腹をつねりあげてきた。痛っ！　本気で慎太郎は叫んだ。瞬間、香織の指がパジャマのパンツのゴムを勢いよく引き下げたのだった。

まったくゆるみのない男の肉が、ゴムを弾いて飛びあがった。親より息子のほうが恥ずかしがっている。剛直に張りつめた笠の周囲から鈴口まで、赤っ恥をかかされたが如く、鮮やかなピンクに染まって、だ。

香織の顔がすすっと接近した。

それは重そうに、そして気だるそうに、ゆらりと揺れた男の肉の先端に向かった。

「ねっ、前より少し大きくなったみたい」

香織は呆けたような声で、寸評した。

「久しぶりに、香織ちゃんの元気そうな顔と対面して、嬉しがっているみたいだね。ぼくにもキスをしてくれと、ねだっているのかもしれない」

「キス……、を？」

「優しくやってくれたら、もっとでかくなりそうだ」

「あのね、慎太郎さんの味、忘れたことがなかったの。思い出して舌なめずりをしたら、眠れなくなった夜もあったわ」

剥《む》き出しになった太腿の稜線《りょうせん》に、香織の指がそろりと這った。皮膚を押さえつけるようにしてさかのぼらせてくる。彼女の指の動きに合わせて、筒先が跳ねる。

「ねっ、もっと足を開いて。あなたの躯のいろいろなところを、あーっ、ちゃんと見ながら、味わいたいの」

口先だけの甘えではない。

半開きにした唇の隙間《すきま》から、赤い舌を覗かせ、上唇を舐め、そして、コクンと喉を鳴らすのだ。口に溜まった昂ぶりの唾を飲みこんでいる。

「いろんなところにキスをしてくれるんだったら、香織ちゃんも洋服を脱いでくれないかな。そのほうが、次の行動に移りやすいだろう」

「ああん、次の行動って、なにをするつもり？」

「もしかしたら妊娠するかもしれない、ことをさ」

「わたしが妊娠したら、どうするつもり？」

「おれが付いているから、心配することはないよ」

瞬間、香織の顔面が、ぽっと赤らんだ。それはうれしそうな笑みを浮かべて、だ。

香織の指先が、忙《せわ》しなく動いた。

セーターを頭から剥《は》ぎとった。下に着ていた白いシャツを、乱暴に脱いだ。繊細なレースを施したブラジャーはぬくもりを感じさせる淡いオレンジ色で、ふたつのカップに支えられた乳房の谷間が、ぽっかりと浮きあがった。

学生時代、アスリートとして鍛えた肉体には似合いの小ぶりの乳房が、なぜか非常に艶めかしく映ってきたのだった。

ジーパンも脱ぐのね。決まりきったことを聞いてきた香織の声が、喉の奥でかすれた。

「おれも全部、脱ぐからさ」

言葉の終わらないうちに慎太郎は、パジャマの上着のボタンを素早くはずして、全裸をさらした。

ジーパンのファスナーを引きおろし始めた香織の視線が、慎太郎の胸板に強く注がれた。

じっと見すえてくる。

「やっぱり慎太郎さんが、一番素敵よ」

香織の言葉には実感がこもっていた。

そうだろうな。慎太郎は一人で納得した。この一年半ほどの間に関係した、ほかの男と比較しているのだろう。野球帽をかぶったあの男も、そのうちの一人かもしれない。が、慎太郎には香織を厳しく問いつめていく権利はなかった。

一年半も放置していたのだから。

「ほら、見てくれよ。香織ちゃんの乳房の谷間を見ただけで、嬉し涙を流し始めちゃったりしてさ」

みっともないというのか、情けないというのか。ゆらりと揺れる筒先を、キラリと光る男の滴《しずく》で濡らす肉筒に、お前は早漏になってしまったのかと、慎太郎は声をかけたくなっていた。

三

（全然変わっていない）

イチゴ色に染まった乳首が、つんと尖《とが》って目の前にさらされた。小ぶりのほうだが、透明感のあるつやつや肌に包まれた乳房の膨らみは、みっしり感を蓄え、美しいピラミッド型を描いている。

が、健康的に実った乳房の形状をゆっくり眺めている時間はなかった。香織の顔が慎太郎の股間に向かった、どどっと伏せってきたからだ。

そそり勃つ肉筒の根元を柔らかく握りしめた香織の、窄《すぼ》めた唇が、男の滴に濡れる鈴口を、つつっと吸ってきた。

一瞬にして、男の袋がキューンと収縮した。

本格的なフェラチオに及ぶまでのルーティンも、以前と変わらない。鈴口の小さな窪みに、尖らせた舌先をあてがい、男の滴をすくい取ろうとする。

いくらか充血した瞳が、上目づかいになって慎太郎を見あげた。

「あなたの味も、匂いも昔と同じよ。まだお風呂に入っていなかったのね」

「臭いか？」

「はい、とっても。でもね、この少し汗っぽい匂いとか味が、わたしの躯に染みついていました」

「とすると、しょっぱいのか」

「あなたの体臭を忘れようと思って、何度かチャレンジしたのよ」

「チャレンジ？」

「そう。お口を付けたりして」

聞き捨てならない！と、問いかえしたくなったが、ふたたび慎太郎は耐えた。男の肉体の局部に口を付ける行為が、おれを忘れようと努力した結果だったら、いじらしいではないか、と。

「お口を付けた瞬間、げっと吐き出しそうになったこともあったわ」

彼女の述懐は、生々しすぎる。そのとき香織はきっと己を奮い立たせようと、すべての衣服を脱ぎ捨て、体当たりしたに違いない。

どこの誰かもわからない男の躯に、捨て身で挑戦したときの香織の姿が、かな

り鮮明に描き出された。

半分はおれの責任だ。

そう反省したとき、慎太郎は無茶な力を加えた両手を伸ばし、太腿の間に潜りこんでいた香織を抱き起こした。

「あっ、どうしたの？」

瞼を大きく見開いて、香織は叫んだ。

「ぴったりくっ付きたくなったんだよ、香織ちゃんの裸に」

「まだ、ねっ、キス、終わっていないわ」

「いいんだ。それより、おれの太腿の付け根に跨《また》がって」

「えっ、もう？」

「うん、おれは今、一秒でも早く香織ちゃんとひとつになりたくなったんだ」

目の前に、香織の全裸がよろりと立ちあがった。いい女は、いい躯をしている。実感だった。アスリートらしく引きしまった体型と、股間に茂る、やや多めの縮れ毛の淫靡《いんび》な群がりようが、アンバランスな魅力を引きたてていて。

「わたしを睨《にら》んでいるわ」

短い言葉をもらした彼女の視線は、股間に直立する男の肉から離れていかない。

「こいつ、元気だろう。香織ちゃんの膣《からだ》に、ずぶずぶ潜りこんでいきたいと、気張っているんだ」

「途中を省略しても……？」

「おれを迎えてくれる準備は、整っているんだろう」

「はい。もう、いっぱいです」

香織の長い下肢が、ひょいと飛びはねたように見えた。イチゴ色に染まった乳首が、その色を濃くしたように映ったとき、香織の全裸が、太腿を広く開いて、男の肉の先端にかぶさってきたのだった。

黒い毛の横幅が広がった。

左右に割れた彼女の臀《しり》を、慎太郎は両手で鷲づかみにした。さわり心地抜群の筋肉質が、手のひらの中でうねって、もがいた。

香織の指が忙しげに伸びて、臍《へそ》に向かって仰向けになっている筒先を拾った。立ちあげる。慣れた手つきだ。そして、股間を前後に揺すって、黒い毛の裏側に招きこむ。

慎太郎は股間を迫《せ》りあげた。

棒勃ち状態の男の肉の先端に、生温かいぬめりがこすられた。

「おれはこんなにあわて者じゃなかったのに、気持ちが先走って止められなかったんだ」

慎太郎は言い訳がましいことを口にして、さらに股間を突き上げた。

「あっ、ねっ、そこ、そこよ。もっと突いて」

首筋を仰け反らした香織の声が、切れ切れになっていく。

イチゴ色に実った乳首が、目の前でつんと尖った。

勢いよく迫りあがった男の肉の先端が、生ぬるくぬめる秘肉を裂け広げて潜りこんでいったのと、慎太郎の口が乳首にしゃぶり付いたのが、ほぼ同時だった。

「あくーっ！」

長い髪が床に垂れおちるほど仰け反った香織の背中を、慎太郎はぐいと抱きとめた。

男の肉がのめり込んでいく。

仰け反りかえっていた香織の上体が、ふいに立ちもどった。

「ねっ、当たってくるの、わかるでしょう」

途切れがちの声をあげる香織の腰が、大きく上下に振れ始めた。膣奥深々《ふかぶか》と飲みこんでは、ぬるぬると引きぬいていった。

湿った摩擦が、さらに激しく男の肉を奮い立たせていくのだ。

「覚えているよ。おれのサイズはちょうど、香織ちゃんの子宮をノックするくらいの長さだった」

「当たり具合が、たまらないの。強くもなく、弱くもなく。おれは大きいんだって、威張ってくる男の人って、痛いのよ。腰を引いてしまうわ」

「デリケートな肉なんだろうからな」

「そうよ。でもね、慎太郎さんの長さとか太さは、わたしを優しく、それから、ちょっと猥《いや》らしくこすってくるんです。あーっ、ねっ、もういってしまいそうなほど、気持ちよくなっていくわ」

香織の腰が、上下運動から前後運動に変化した。ピンクに艶めく唇を、きゅっと噛みしめて、だ。

唇を噛みしめるたび、男の肉を飲みこんだ膣道の襞が、肉筒の真ん中あたりを

締めつけてくる。

（ちょ、ちょっと、待ってくれ）

慎太郎は弱音をはきかけた。三日前の日曜日、満タン状態の男のエキスを、きれいさっぱり放出してやろうと満を持していたのに、香織の引っ越し騒動のおかげで、飽和状態になりかけている。

香織が腰を揺するたび、貯蔵タンクの蓋《ふた》がゆるんで、今にも大放出してしまいそうな危険を感じるのだった。

それに、一年半ぶりの合体が、ソファで、なんて、あまりにも粗略すぎる。

「あのさ、ベッドを貸してくれないか」

暫時、インターバルをおくことが、粗相なき噴射につながると、慎太郎はお願いした。

「奥の部屋よ。でも、抜いたら、いや」

香織の甘えた声が、ますます愛おしく聞こえた。

「もちろんだよ。抱きかかえたまま、ベッドまで連れていってあげる」

「あーっ、早くっ！」

気合もろとも慎太郎は立ちあがった。香織の両手が首筋に食らいついてきた。太腿を大きく開ききって、腰のまわりに巻きつかせてくる。

その密着感が慎太郎の昂ぶりを、ますます増幅させていくのだ。

これは、いかん。立ち位の合体は挿入感がさらに深くなった上に、わたしは絶対離れませんからねとでも言いたげに、秘肉の締めつけを強くしてきたのだった。

慎太郎は丹田《たんでん》に力をこめ、歯を食いしばって我慢した。

なにはともあれ、一秒でも早くベッドになだれ込んで、真上から組み伏せ、双方が安心できる体位を取るべきだ、と。

香織に指定された部屋のドアを開けた。

へーっ！　女の子らしい。サッシ戸に吊るされたカーテンも、ベッドカバーも、カーペットも淡いブルーに統一されているし、壁に立てかけられていた鏡は、等身大とでかい。

慎太郎はふいと思いついた。

男に抱かれたフルヌードを見せてやろう、と。

すぐさま慎太郎は、香織を抱いたまま、鏡の前に歩いた。

そうだった、思い出した。二人の蜜月時代、ラブホテルに入るたび、香織は驚喜した。壁といい、天井といい、あたり一面が鏡張りになっている部屋の異様さに昂奮して、だ。

風呂上がりの裸で、鏡の前に立ちつくしたことは何度もあったし、自分の昂ぶりを抑えきれなくなって、鏡の前でフェラに及んできたこともあった。そんな自分の姿を見て、香織は独り言のようにつぶやいたものだった、わたしって、猥らしい女だったのね、と。

ラブホテルの鏡に比べたら、そのサイズは小さかろうが、もしかしたら同じような愛撫に徹してくれるかもしれないという、わずかな期待が、慎太郎の胸にあったことは否《いな》めない。

「香織ちゃん、見てごらん、香織ちゃんの裸がコアラになっておれに抱かれている。おれの肉が香織ちゃんの膣《なか》に、深々と入っているところも、ちらっと写っているし、さ」

鏡に対して背中を見せていた香織の顔が、ひょいと振り向いた。

「すごい！」

意味不明のひと言をもらした彼女の臀が、合体部分をさらそうとしたのか、引きあがった。膣道から離れそうになった男の肉は青筋を浮かせ、二人の粘液にまみれて、ぬらりと光ったのだ。

淫猥《いんわい》なる描写は、男の肉の根元にまたふたたび、噴射の兆《きざ》しを教える激しい脈動を奔《はし》らせた。

(余計なことをするなよ)

下手をすると、こんな恰好でフィニッシュを迎えることになる。慎太郎は己の愚かさを叱《しか》った。

「ねっ、下ろして」

そのとき急に、香織は声高に言った。

「ベッドに行くのか」

「違います。あのね、思い出したの、昔のことを。ホテルでやったでしょう。大きな鏡の前で」

慎太郎はつい、腹のうちで、にやっと笑った。この子はおれと同じことを考えていたのか、と。

「鏡の前で、やりたくなったとか」

「わたしは猥らしい女でしょう」

「うん、その猥らしさが、たまらないほどかわいいんだ」

腰を引いて慎太郎は抜いた。

鏡に写った男の肉は、湯気が立ちのぼってきそうなほど、赤く腫《は》れていた。

床に下りるなり香織は、瞬時をおかず慎太郎の膝の前にかしずいた。

「たった今まで、あん、わたしの膣に入っていたんでしょう。あのね、愛おしいの、このお肉。それに痛そうなほど腫れて、大きくなっているわ」

香織の指が、濡れた男の肉に、ひっそりと絡みついてきたのだった。ううっ。

慎太郎はうめいた。香織の舌が、肉筒の裏筋を掃きあげてきたからだ。亀頭と肉筒を分ける赤い襞に、舌先をすべらせたりして。

慎太郎さんも、ああん、待ってくれていたんでしょう、わたしのお口を。彼女の言葉が荒い呼吸と一緒になって、筒先に吹きかかった。

「汚れているだろう、そこ……」

「わたしは、使用前より使用後のほうが好きよ。二人の蜜が混じりあって、あー

っ、わたしの興奮剤よ、この匂い」

言葉の終わらないうちに、香織の口が男の肉の先端に、ぬるりとかぶさった。ぐぶぐぶっと飲みこまれていく。

あっ、そんなところまで手を伸ばすな。注意したくなったが、歓喜の昂ぶりは逆に、腰を迫り出していた。香織の手が尻にまわって、割れ目にすべり込んで、非常に敏感に仕上がっていた丸い窄《すぼ》みを直撃してきたからだった。

口の動きと指の動きが、そのタイミングを一致させてくる。

行き場を失っていた慎太郎の両手は、香織の頭を抱きしめていた。部屋の温度は寒いほうだろうが、香織の頭皮は汗ばんでいた。

慎太郎の腰は自然と、前後に動き出した。

うっ、うっ。香織の喉が鳴る。

口には溜めておけない唾が、唇の端から垂れてくるのに、ぬぐうこともしないで香織は夢中になって口をつかい続けるのだった。

（やばい）

慎太郎は正直に、そう思った。

股間の奥に奔る脈動は、どんどん速くなり、熱くなっていくからだ。噴射まで一分持つかどうか。気分は逸《はや》り、せっぱ詰まってくる。口内発射など、もってのほか！　と。

「香織ちゃん」

慎太郎は助けを求めた。

男の肉を深くくわえた香織の、見あげてきた視線に、じろりと睨まれた。が、その鋭い視線はすぐさま、柔らかい笑みに変わった。

「出そうなのね」

男の肉を口から離した香織の声がいたわりに聞こえた。

「うん、ごめん」

男のエキスが満タンになっていたんだ、付け足したかったが、口を閉ざした。

「わたしの膣に出してくれるんでしょう」

「うん。きっと溢れるほど出してしまいそうだ」

あっ！　慎太郎は大声をあげそうになった。全裸の香織がいきなり四つん這《ば》いになって、臀を高く掲げてきたからだ。後ろから入ってきて。この体位は、無言

で要求している。

以前は、あまり好きでない体位だったのに。

が、深く詮索している余裕はなかった。男のエキスは、肉筒の真ん中あたりまで噴き出しかけている。

「入るよ」

ひと言断りを入れて慎太郎は、高く掲げられた香織の臀の割れ目の真後ろに構えた。

筒先を指で垂らして、割れ目をこそぐった。そのあたり一帯は、生ぬるい粘液の沼地。

そのとき急に、香織は振り向いてきた。頬を真っ赤に染めて。

「もう一度、聞いてもいいわね、ねっ、わたしの膣に出してくれるのね」

「だから、溢れてしまいそうなほど、いっぱいだけれど」

「もし、わたしが妊娠したら、どうしてくれるのかしら？」

慎太郎の行為は瞬間、立ちどまった。一年半前のあのときと同じクエッションが、耳の底にジーンと響いてきて、だ。慎太郎の思考回路は、たった三秒で正直

な答えを出した。

「簡単なことさ。どちらかの部屋を解約すればいいんだ」

ヤケボックイに火がついた結果の、簡単明瞭な解決策だった。

「うれしい。ねっ、早く、入ってきて。一番奥までよ。あなたのお肉は、あーっ、わたしの子宮の入り口まできっちり届いて、優しくノックしてくるんです。だから、子宮のドアは、ねっ、今、大きく開いているの」

慎太郎は腰を使った。

ぐいと股間を迫り出した。ずぶりと埋まった。まさに三こすり半。股間の奥底に溜まっていた男のエキスが、奔流《ほんりゅう》の勢いとなって、それは止《と》め処《ど》もなく噴き出していったのだった。

四つん這いになっていた香織の両膝と両手が、朽木が倒れるように折れた。慎太郎は覆《おお》いかぶさった。

噴射はなかなか止まらない。

が、そのとき、慎太郎の脳裏のどこかで冷静な思考が働いた。三日前のあの日、香織と親しげに話していた野球帽の男は、誰なのだろうか、と。

自分なりの解答を出そうとしたが、快楽の海に放り出された慎太郎の脳味噌は、しばしの休息を求めていた。

浮気の美学

一

実に閑《ひま》なのだ。見習い坊主の域をいまだ脱していない跡取り息子が、閑にあかせてやることは、本堂の板の間の拭《ふ》き掃除か塵《ちり》払い、それと、砂利を敷きつめた境内の見まわりくらいしかない。

実父である大西安信《おおにしあんじん》僧は、千八百三十七年、すなわち天保八年に建立された浄土真宗大谷派、長安寺《ちょうあんじ》の管長である。

安信和尚《おしょう》に対する信頼と尊崇の念は、門徒衆のみならず、近隣の人々に幅広く伝わっている。創建して百八十年以上の歴史を誇る古刹《こさつ》の大僧正《だいそうじょう》であるのと同時に、米寿《べいじゅ》を迎える年齢に達した今なお、矍鑠《かくしゃく》として布教に努める姿が、人々には神々《こうごう》しく映ってくるせいもある。

その息子である信彦《のぶひこ》は、今年三十一歳になる。法名は大英《だいえい》。実に安信和尚が

五十七歳の折り、やっとの思いで授《さず》かった男子だった。

信彦が誕生する前、安信和尚には三人の子供がいた。が、すべて女子で、由緒ある長安寺の跡取りは、ぜがひでも実子の男子にと願っていた安信和尚は、五十七歳の高齢ながら、日夜子作りに励んだという、笑えぬエピソードが門徒衆の間で広まっていた。

大事な一人息子である。信彦は幼少のときから溺愛された。長安寺の貴重な跡取り息子として、だ。親の気持ちが一人息子の胸にどのように伝わっていたのか、定かでない。

ひとつ間違いのないことは、おおらかすぎるほどの天真爛漫《てんしんらんまん》さが、僧侶としての修行を怠り、奔放《ほんぽう》極まりのない男子に成長していたことである。

まさに、わがまま放題。

冠婚葬祭などの法事で檀家《だんか》まわりをするとき、信彦は渋々法衣をまとい、父親に随行していた。が、三十歳を超えた今でも、経を詠むのが大の苦手で、ところどころ端折《はしょ》りながらのいい加減な読経《どきょう》は、檀家衆の顰蹙《ひんしゅく》をかうこともあった。

が、半面で、坊主にあるまじき陽気な戯《あそ》び心や生き様は、子供時代、学生時代

の仲間からは、近代的、解放的な坊様であると好感を呼んでいたところもあった。

それにしても、地球規模で蔓延しているコロナ大騒動の被害は、容赦なく長安寺にも襲いかかっていた。

悪逆非道なるコロナ・ウイルスを前にすると、神や仏の神通力はまるで無力で、真摯なる檀家衆のうちの数人に、無慈悲にも感染したという報告があった。

(お粗末なるおれの読経で、恐怖におびえる世間様がいくらかでも救われるのなら、お布施は無料で、社会貢献をさせていただきますよ)

かなり真剣に信彦は、腹のうちで訴えているのだが、今のところ、ぜひ、効能あらたかなお払いをして頂きたいという、切なる要望は一件もない。

したがって、日々、寺の掃除や見まわりを済ませたあとは、本堂の裏に建てられている自宅にこもって、インターネットのゲームに興じているくらいしか閑つぶしのタネはないのだった。

が、よーく考えてみると、自宅にこもってじっと我慢の子でいること、すなわちホームステイなる生活が、世のため、人のための処方となるらしいから、抗《あらが》う気持ちにはなれないでいる。

閑な時間があるからと、居酒屋にでも出かけ、酒を呑むこともできないし、大いなる欲求不満を解消してやろうと、性的遊興施設にこっそり出向くわけにもいかない。

なにしろ、そうした桃色施設こそが三密とかの大温床になっていて、出所不明の感染をこうむったら、百八十年に及ぶ長安寺の古刹暖簾《のれん》をただちにたたむことにもなりかねないからだ。

(しょうがない)

今日も閑を持て余し、自室にこもっているうち、ムラリとした自熱《じねつ》が股間に燃え広がった。こうした症状は、この二カ月ほど、ひっきりなしに襲ってくる。

(親父様の勧めを素直に受けて、さっさと嫁をもらっていたら、こんな不自由はしなくてもよかったのに)

今ごろになって大反省をしても、すでに遅い。たった半年ほど前まで、これほど大混乱する病魔が地球上に蔓延するとは夢にも出てこなかったし、本堂の祭壇の大奥に祀《まつ》ってある阿弥陀仏様や、浄土真宗の開祖とも崇《あが》められる親鸞《しんらん》聖人の像からも、不吉な予言はひと言ももれてこなかったからだ。

嫁さんなどという、実にわずらわしい女人をわざわざ招かなくとも、男の欲望を愉快に発散させてくれる麗しい生き仏様は、そこいらにいくらでもいるじゃないか。

そうした奔放なる信彦の思惑は、三十一歳になる今日まで独身生活を貫いてきた挙句、今ごろになって不自由の極限を味わっているのだった。

ようするに、坊主に似つかわしくない旺盛なる男の欲望を、勢いよく発散させてくれる環境が、仏様のお告げもなしに、音を立てて崩落してしまったのだ。

したがってこの二カ月ほど、信彦の性的欲求を晴らしてくれる相手は、己の指、という、とても悲しい現実に直面している。

不満をかかえているとストレスが溜まる。

誰もいない自室なのに信彦は、足音を忍ばせ、書棚の隅に歩いた。書棚の一番下にこしらえた引き出しを、音を立てずに引いた。

中身を覗いて信彦は、つい苦笑いをもらす。

数えきれないほどのＡＶが、山となって積み重なっているからだ。それらのＡＶは、学生時代から密かに買い集めていた桃色版である。

中には、無修正の極上AVも数点隠し持っていた。

己の指で自家発電するにしても、点火するには、それなりの助けがいる。手っ取り早い手段として、桃色AVは欠かすことはできない業物《わざもの》だった。

適当な一枚を抜き出して、引き出しを閉めようとした瞬間、信彦はドキンとした目つきになって、ソファの横を睨《にら》んだ。

一カ月に一度か二度ほどしか鳴らない固定電話に、けたたましい呼び出し音が響いたからだ。

(誰だ……？)

友人や親戚等の外部からの連絡のほとんどは、スマホである。ついでに掛け時計を見た。午後の二時ちょっと前。厳格な親に見つからないよう、こっそり悪さを仕出かそうとした子供のような恰好《かっこう》になって信彦は、受話器に歩いた。

そして、おそるおそる受話器を取った。

「もしもし、大西君……、でしょう」

受話器から聞こえた音声は、いくらか呼吸を乱しているふうな、女の声だった。

「はあ、そうですが、あなたはどなた？」

信彦は問いかえした。まるで記憶のない声だったからだ。が、君呼びをしてきたのだから、ごく親しい関係にある女のような気もした。

「ごめんなさい、わたし、山田《やまだ》淳子《じゅんこ》、です。覚えていますか」

「山田、淳子さん……？」

受話器を持つ右手の手のひらに、じんわりと汗が滲《にじ》んだ。少なくとも行きつけのスナックや居酒屋で働いている女の中に、山田淳子なる女性はいなかった。

「ごめんなさい、忘れられても仕方がないわね。大西君と最後にお話ししたのは、もう十五年以上も前のことですもの」

またしてもごめんなさいと謝った女は、非常に唐突な物言いで、十五年も昔の関係を引き出そうとした。

十五年以上も前となると中学生のころか。

信彦が学んだ中学校は、長安寺から歩いても十五分ほどのところにある市立中学校である。同級生は二クラスで七十名ほどいた。

名前と顔がぴたりと合致する同級生は、ほんのわずか。年々、記憶が薄れていた。受話器を耳に当てがったまま、信彦は何度も、山田淳子なる姓名を脳味噌の

中で反芻《はんすう》したが、思い出はよみがえってこない。

「山田さん、でしたよね」

ひょっとするとおれは若年性痴呆症に取りつかれたのかと、やや焦りながら、信彦は問いかえした。

「ごめんなさい。その当時、わたしは今泉《いまいずみ》、でした」

三度《さんたび》謝った女が、改めて名乗った今泉なる姓を耳にして信彦は、はたっ！　と思い出した。今泉淳子の面立ち、容姿がくっきりと瞼《まぶた》の奥に描き出されて、だ。

「とするとあなたは、今泉の淳ちゃん！」

一気に懐かしさがこみあげた。

「はい、いきなりお電話をして、ごめんなさい。中学校時代の名簿を調べていたら、このお電話番号が載っていたものですから」

彼女の言い分から察すると、淳ちゃんは端《はな》からおれに連絡したいと、大昔の名簿を調べたらしい。

彼女の姿が、さらに初々しく、溌剌《はつらつ》としてよみがえってきた。

濃紺の制服がよく似合っていた。背丈もすらりとして高かった。

学校に通ってくるときはいつも、長い髪を三つ編みにしていた。大きな瞳と、頬に窪む小さな笑窪がたまらなくかわいらしく、彼女の姿を追っていると、いつの間にか、呼吸が荒くなってくることもあったっけ。

しかし、姓名が今泉から山田に変わっているということは、彼女も結婚していたのだろう。

当たり前だ。彼女も三十一歳になるのだから、結婚していても、なんら不思議はない。でも、なんで今ごろになって、突然、連絡をしてきたのだ？　信彦は小首を傾げた。

「あの、大西君はまだ長安寺でお仕事をしているの？」

しばらくの時間をおいて淳子は、声を低めて問うてきた。お仕事？　うん、仕事かもしれない。おれの運命は生まれ落ちたときから長安寺の住職に納まることが決められていたらしいから、不恰好な読経も、仕事の一環だろう。

「まだ修行中の生臭坊主だけれど」

信彦はかなり照れた。坊様という職業にどこか僻目《ひがめ》を感じているせいもある。言いかえるとダサイ。

「よかったわ。思いきって電話をしたかいがあったみたい」

思いつめたような彼女の言いまわしが、気になった。

坊さんにしか頼れない、相談できない迷い事が、彼女の身辺に起きているのではないか。でなければ、十五年以上も昔の名簿をひっくり返して連絡してくるはずがない。

「ぼくに話したいことがあるのかな」

信彦はすっ呆《とぼ》けた。

「ねえ、今日、これから時間がありますか。会いたいの。中学校の同級生でしょう。助けてちょうだい」

彼女の言葉づかいが急に哀願調になった。ただ事ではなさそうである。中学校時代はアイドルのようなかわいさ、あどけなさを備えていた女の子だったし、その上、勉学優秀で、信彦の及ぶところではなかった。

子供ながら、憧れの存在だったことは間違いない。

そんな愛らしい女の子に頼られ、甘えられていると察したとき、信彦は、今日これから予定されているテレビシステムの法話会、仏典購読会などの行事をいっ

さい棚上げにして、淳子の話を聞いてやらなければならないと、腹をくったのである。

淳子が長安寺を訪ねてくるまでのおおよそ一時間半ほど、信彦はまるで落ちつかなかった。風呂に入って、全身を念入りに洗い清めた。無精ヒゲも剃った。浄土真宗の坊主は、剃髪《ていはつ》を義務づけられているわけではないから、洗髪もした。ほぼ十五年ぶりに再会する美人才媛に面談するため、坊主としての身だしなみを、最低限整えたつもりだった。

玄関のドアチャイムが鳴ったとき、信彦の心臓は早鐘を打った。十五年ぶりに再会する悦《よろこ》びと同時に、人妻になったらしい彼女の艶姿を夢追い、うまく表現できない期待感が渦《うず》まいたことは否《いな》めない。

さらに言えば、己の行動を積極的にする男のエキスが満タン状態で、熱くたぎったことも、心臓の働きを活発にしたようだ。

表玄関の分厚い木製のドアを開いたとき、信彦は一瞬、呼吸の止まる思いで見つめた。彼女の容姿は一変していた。

ふわりとかぶった純白のブラウスと、ふくらはぎの中ほどまで隠れる淡いブルーのロングスカートが、実に清楚な身なりとして映ってきたからである。最近、連日の如くテレビの情報番組にでてきては、コロナ・ウイルス蔓延の原因を得意げに、そして物知り顔でコメントするどこやらの女医者の、見るに耐えないロングドレスとは、まさに雲泥の差、月とスッポン!

「いらっしゃい。さあ、どうぞ入ってください」

中学校時代の同級生を招くにしては、声はうわずり、喉がかすれた。

彼女の目尻に、それは恥ずかしそうな笑みが浮いた。

今泉淳子であることは間違いなさそうだが、薄化粧を施した頬に、愛嬌《あいきょう》のあった笑窪は見えないし、どこか病的に痩《や》せたようにも映ってきたのである。

失礼します。小声で応えた淳子は、板敷きの玄関に上がった。足元がおぼつかない。

(おれは見習い中の坊主で、医者じゃないんだ)

躯《からだ》の具合が悪いんだったら、寺に来る前に医者に行ったほうが安全ですよ、と助言してやりたくなったが、淳子はスリッパに履《は》き替えて、すらりと立ちつくした。

中学校時代は長身のほうだったが、見るからにやつれたような痩身は、信彦の目に哀れを呼んだ。この女性の身辺に、いったいなにが起こっているのか。それでも信彦は、自室に招いた。万が一コロナに犯されていても、おれは大事に見守ってやる。この女性のコロナだったら、喜び勇んで感染してあげよう、と。

信彦専用のリビングルームは十五畳ほどの広さで、テレビや音響設備は、革張りのソファの前にずらりと並べられていた。

「まあ、座ってください」

玄関に招じいれてからやっと、ふた言目の言葉が出た。

「大西君、いいえ、あなたは、立派なお坊様に成長されて、風格が出ていらっしゃって、とっても戸惑っています」

すっかり恐縮しきったような物言いで、淳子は目を伏せた。

「風格なんてとんでもない。門前の小僧は経を詠むそうですが、ぼくはまだ、まともなお経も唱えることのできない半端坊主ですよ」

二人の間に漂う極度の緊張感をほどいてやろうと、信彦は思いっきり砕けた言葉を、ぶっきらぼうに投げた。

三十分ほど、中学校時代の思い出話に費やしたあと、淳子は重い口を開いて、近況を報告したのである。

——今泉から山田に姓が変わったのは三年半ほど前で、相手は大学で学んだ恩師だった。年齢差は九つもあったそうだが、恩師に対する尊敬とか信頼が、男女の愛情に変化していったことは、世間でよく聞くありふれた結びつきだった。

結婚生活は順調につづいた。

研究者として主人は、誠実、真面目そのもので、淳子は専業主婦に徹して、旦那様の生活を見守ってきた。

ところが予期せぬ出来事が勃発した。地球規模の大騒動に発展したコロナ禍の大惨事である。ご他聞にもれず、大学教授は自宅での研究に生活のリズムを変更した。

一日二十四時間、同じ屋根の下で暮らす日々の重圧、息苦しさが、淳子の躯を

次第に蝕《むしば》んできたのである。

一カ月はなんとか耐えることができた。が、二カ月がすぎても、外出禁止令が解けない毎日が、淳子の自律神経を犯しはじめた。

まるで鉄人の如く研鑽《けんさん》に勤《いそ》しむ先生の表情、姿を目にしていると、急な眩暈《めまい》症状を覚えたり、脳天に激しい痺《しび》れが奔《はし》る頭痛に襲われたり、呼吸が乱れたりする症状が、ほぼ毎日、淳子の身体を容赦なく悼《いた》みつけた。

原因ははっきりしない。ご主人に内緒で精神神経科の医者に診てもらったところ、急性自律神経失調症と診断された。

薬を飲まされたが、改善しなかった。

思い余って淳子は、坊主を生業《なりわい》としていた信彦の存在を思い出し、相談してみようと、思いたった……、ということだった。

まさに、苦しいときの神頼みという顚末《てんまつ》――。

話し終わって淳子は、ほっと安堵《あんど》したように、肩で息をした。病的に痩せて見えた原因は、そんなところにあったのかと、信彦は自分なりに理解した。

「今も、眩暈とか息苦しさを感じますか」

信彦はテーブルに出しておいた冷たいインスタント・コーヒーをひと口飲んで、こっそり彼女の顔を覗いた。いくらかくすんでいたような顔色の悪さに、ほんのわずかな赤みが射していた。

日々の苦しみを包み隠さず話してしまった開放感が、胸のうちに安堵を覚えさせたのだろうか。

「わたし、信じられないのです。わからないのです。主人のことはほんとうに愛していたんです。それなのに、コロナ騒動が起きてから、急におぞましい男性に映ってきたりして、身の置き所がなくなってしまって」

「人間の神経構造は、医学や科学では診断できないところもあるそうですからね」

慰めの言葉としては、親切心が足りなかった。

「でも、俗世の煩悩《ぼんのう》からすべて卒業されたお坊様の、とても優しそうなお顔を目にしていますと、わたしの心も少し安らいで、今は辛い苦しみから解放されています」

おいっ！　そんなに買いかぶらないでくれ！　おれは半端な生臭坊主なんだと、手を振りたくなったが、瞼を細めて、じっと食い入ってくる彼女の表情を見守っ

ていると、おれなりに精いっぱいの功徳《くどく》を施しているのではないかと、信彦は口を閉ざした。

「大恋愛で結ばれても、日がな一日顔を突き合わせていると、神経にさわることもあるんでしょうね」

だからおれは、嫁などもらわないんだと、信彦は己の生き様を、腹のうちで正当化した。

「わたしのわがままなのかしら。この一カ月ほどは、主人の口の利き方とか、ご飯を食べる咀嚼音《そしやく》とか、それに体臭まで気になって、必死に三密を避けていたんですよ」

淳子の言葉づかいが、いくらか砕けた。

うんっ！　思わず信彦は腕を組んで、彼女の様子をまじまじとうかがった。

三密を避けていたとすると……！

還暦をすぎても、まるで似合わない長い付け睫毛《まつげ》をピクピクさせながら、人を小バカにするような物言いで、三密を避けましょうなんて、連日の如くテレビで得意そうにしゃべくりまくっている女知事の「三密」と、目の前に座る麗しい人

妻の「三密」では、聞いている耳の反応が桁違いだった。

ご主人様の体臭まで気になっていたなら、夜の閨《ねや》はどうなっているのだ？　お互いに背を向けて、あっち向けホイ、の恰好で寝ていたとすると、とてもじゃないが、濃厚接触に至らない。

中学校時代の同級生というよしみで信彦は、ソーシャルディスタンスの禁を犯して、一メートル幅まで接近した。

（うーん、素敵な香りだ）

ついさっき、桃色ＡＶの助けを借りて自家発電をやろうとしたばかりだった。芳しい女性の匂いは、今にも溢《あふ》れ出そうになっていた男のエキスをさらに沸騰させた。

「図々しく聞きますが、そのような状態では、その、夫婦和合《わごう》もおぼつかないでしょうね」

信彦は問いつめた。

「えっ、夫婦和合……？」

「そう。すなわち、夫婦の契《ちぎ》りですよ」

気合をこめて問いただしているつもりなのに、恥ずかしそうにうつむきながら受け答えする彼女の姿を追っていると、使用語に遠慮が混じる。

「それは、もしかしたら、主人とのセックス……、のこと？」

ズバリと聞きかえされて信彦は、とてもだらしなく生唾を飲んで、コクンとうなずいた。中学生時代から聡明だった人妻の用語は単刀直入だったのである。

「わたしの性生活は、主人に育てられてきたんです。だって、わたしの男性経験は、主人しかいなかったんですもの」

ええっ、たった一人！　それはもったいない。世の男どもの大損失だ。男のエキスが満タン状態だと、思考回路があらぬ方向に歪曲《わいきょく》していくこともある。

「経験した男性がたった一人でも、その行為が嫌いだったわけじゃないんでしょう」

自分の問いかけがどんどん歯痒《はがゆ》くなっていく。まわりくどいのだ。

「一年ほど前から、女の悦《よろこ》びを感じるようになってきたんですよ。身も心も蕩《とろ》けていくような。主人に愛されている実感が湧いてきました」

「それなのに、ご主人とは接触したくない？」

「はい。指先がふれるのも怖くなってきて。思い余って、わたしの精神状態を、恥を忍んで精神科の先生にお話ししました。そうしたら、ものは試しに浮気をしてみたらどうですかと、助言されたのです」

「えっ、浮気を！」

「はい。体内に溜まっている重ったるい鬱積《うっせき》を取り払ってしまうと、意外にさっぱりするかもしれない、と。それは、ほんとうのことでしょうか」

なかなかの名医であると、信彦は感心した。ウッ状態の患者に、浮気をしてみたら治るかもしれないなどと真面目に診断する医者は、滅多にいないだろう。

「そうすると今は、浮気をしてみようと決意しているとか？」

そのときになって初めて淳子は、顔を上げ、真正面から信彦を直視してきたのだった。青く澄んでいた瞳はいくらか充血しているし、透明感のあるピンクのルージュを施した唇の端に、軽い痙攣《けいれん》を奔らせているのだ。

厄介な問答など無視して、今ただちに、むしゃぶり付きたくなるほど色っぽい。

「わたしの躯は、女の悦びを感じるようになったのです。でも、主人とは接触したくない。それなのに、夜、一人で寝ていると、躯の芯が熱くなって、疼《うず》いて眠

れなくなったりして、わたしの躯は坂道を転げ落ちるように、悪化していくのです。だから、お医者様のおっしゃるとおり、この因業な病《やまい》の回復のために、浮気をしてみようかしらと、真剣に考えたりしているんです。お坊様はどうお考えになりますか」

詰めよられた。ソーシャルディスタンスの幅は五十センチほどに狭まり、どこか甘さの混ざった彼女の口の匂いはもとより、唇を開くたびに飛んでくるだろう唾液の飛沫が、顔面に吹きかかってくるような。

信彦は一か八か提案した。

「淳子さんがどのような浮気を望んでいるのか、ぼくはまだ計りかねていますが、試験的に、軽い抱擁とか接吻くらいから始めてみたらどうですか」

「えっ！　お坊様とでしょうか」

「ぼくでは役不足？」

彼女の瞼がパチパチッとまばたいた。かわいらしく、つんと尖《とが》った鼻梁《びりょう》をわずかにうごめかせながら、である。

「役不足なんてとんでもありません。でも、厳しい修行中のお坊様は、禁欲の毎

日を送っていらっしゃるのでしょう。お食事なども一汁一菜の粗食に耐えているとか。わたしのためにご迷惑がかかっては、畏《おそ》れ多いことです」

「いいえ、浄土真宗の坊さんは長髪も許されているし、親鸞聖人様の時代から肉食妻帯が認められているのです。毎日、肉はもりもり食していますから、コロナなんぞに負けない体力は充分保存していますよ」

「まあ！」

彼女の頬にさらなる朱が浮いた。

その赤みは、半分以上、抱擁、接吻を容認している証拠である。信彦は自分勝手に判断した。自ら率先して浮気に望もうとするほど、この麗しい人妻は苦しんでいる。

信彦はためらいもなく、そう読んだ。

この機を逃してはならない。二人の間隔を一気に二十センチほどに詰めて信彦は、行き場を失っているように見える彼女の手を、しっかり握った。

あっ！　小声をあげた淳子は、一瞬、手を引いた。が、この程度の抗いに屈してはならない。信彦は力をこめて引きかえす。

彼女の上体がよろりと崩れて、信彦の胸元に倒れこんできたのだった。肩を抱きとめ、たぐり寄せる。

軽い、この悲しい人妻の躯が。

あまっていた右手の指を彼女の顎《あご》にあてがい、上を向かせた。いやいやするように、向きあがってきた彼女の目尻から、一滴《ひとしずく》の涙がこぼれ落ちた。

「仏様にお仕えするお坊様に、わたしのわがままな浮気の相手をしていただいたら、天罰が下るかもしれませんわね」

涙が止まった彼女の目元に、はにかみをこめた笑みが浮いた。

ここまでやってしまったら、三密もへったくれもない。

やや強引に信彦は、唇を寄せにいく。笑いを滲《にじ》ませていた彼女の瞼が、ひっそり閉じていった。肩のまわり、背中に強い痙攣を奔らせながら。

ご主人以外の男に躯を委ねていく極度の緊張感が、全身を強張らせているのか。

左手で彼女の背中を、右手を彼女の太腿《ふともも》にまわし、さらに引きよせる。

「眩暈がしたり、強い頭痛を感じたりしていませんか」

それでも信彦は念のために聞いた。

「手足が少し痺れてきました。あーっ、でも、今は優しいお坊様の両腕にしっかり抱かれて、全身がぽーっと温かくなってきて、ああん、それに、躯の芯が熱くたぎってくるのです」

「躯の芯とは、具体的にどこですか」

しっかり閉じられていた彼女の瞼が、パチンと音が出そうなほどの勢いで開いた。

「ああん、お坊様は意地悪です。女のわたしに、そんな恥ずかしいことまで、言わせないでください」

言い終えた彼女の唇は、半開きになったまま、大きく深呼吸をした。小粒の真っ白な歯並びが、信彦の昂ぶりを急加速させる。

「ぼくも負けていませんよ。ぼくの躯の芯……、具体的に言いますと、股間の奥がかっと燃えてきて、男の肉がむきむきと膨張し始めましたよ。試しにさわってみますか」

男の肉の活性化は、言葉の遠慮を剥《は》ぎとっていく。

「あっ、そ、それはもしかしたら、あなたの大事なお肉が大きくなってきた、と

か？」

「そのとおりです。パンツを大きく膨らませながら、です」

「あーっ、ほんとうに猥《いや》らしいお坊様ですね。でも、うれしい。ねっ、お口をください。今、わたし、十五年以上も前の、どこかかわいくて、いたずらっぽかった信彦さんのお顔を、はっきり思い出しています」

ひさしぶりに耳にする、信彦さんという呼び方に、信彦は身震いするほどの昂奮を、全身で感じた。

次の瞬間、二人の唇は激しく濃厚接触した。柔らかい。ひたりと吸いついてくるような弾力性を伴って、だ。

反射的に、半勃《だ》ち状態まで成長した男の肉に向かって熱い血が奔流《ほんりゅう》し、びくびくっと跳ねあがっていくのだ。信彦の股間に埋もれこんでいた彼女の脇腹あたりを、ぐいと持ち上げて。

「あっ、あっ、ねっ」

唇を合わせたまま淳子は、もがいた。

女の悦びを感じ始めた女体である。自分の脇腹に接触してきた異物がなんであ

るか、深く考えるまでもないのだろう。

うっ！　うめいたのは信彦だった。唇を合わせたまま淳子は、脇腹の下に手を潜らせて、けたたましい勢いでうごめく肉魂を、ひしっと押さえこんできたのだった。

三

「ズボンの上からでは、物足りないでしょう。直接さわりたくありませんか」

彼女からの返事を待たないうちに、信彦はすぐさまズボンのファスナーを引きおろした。あーっ、あなたはほんとうに、察しのよいお方。くぐもった声を、切れ切れにもらした彼女の指先が、前の割れたズボンの内側に、するりと差しこまれてきたのだ。

おおっ！　思わず信彦は股間を迫《せ》りあげた。それは歯痒そうに、彼女の手はトランクスの中までまさぐってくる。

淳子の指は、生でいじりたいのと、強くせがんでいる。

（望むところだ！）

どさくさに紛れた信彦の手は、ふくらはぎの途中まで隠しているロングスカートの裾《すそ》をめくり、一気呵成《いっきかせい》にさかのぼった。

ストッキング・レスの生太腿の、それは伸びやかなすべすべ肉に辿《たど》りつくのに、さほどの時間はかからなかった。

「あーっ、ねっ、信彦さん。わたしのスカートの内側まで手を入れてきた男性は、主人とあなただけですよ」

喘《あえ》ぎ声になって、淳子は訴えた。もはや意識朦朧《もうろう》なのか。呼び方がお坊様になったり、大西君になったり、ついには甘えきった声で、信彦さんと叫んだりする。

「気分は悪くないでしょうね」

「いいえ。でも、主人の手とは全然違います。あなたの手はとても温かくて、なめらかで、あーっ、わたしが気持ちよく感じるところを、ご存知のように、ねっ、するすると、ああん、遠慮なしで這《は》ってくるのです」

彼女の官能ポイントを、懸命に探っていたわけではない。細面の面立ちとは不釣合いな、意外なほどむっちりとした肉を蓄える内腿の柔らか味を求めて、勝手

に指先が進んでいただけのことである。

「もっと感じる肉は、太腿の付け根あたりでしょうね」

もっともらしい理屈をこめながら信彦は、指先をさらに深みに潜らせていく。

淳子の腰がぐぐっと浮きあがった。太腿の根元を左右に開きながらである。

間違いない。もっと奥をいじってくださいと、切にお願いしているのだ。

「ねっ、わたしは今、わたしの人生で初めての浮気に溺れているのでしょうか」

瞼を薄く開いて淳子は、うっとりとした視線を投げてきたのである。その表情は、自分が不貞を犯しているという罪深さより、一人の女として、いつしか官能の渦に巻きこまれていく歓喜に酔っているふうな。

「ぼくの手はあと数秒もしないうちに、淳ちゃんのパンティの中に潜りこんでいきますよ。ぼくは今、愉しみにしているんです」

さらなる親しみをこめて、淳ちゃんと呼んだ。

「あーっ、あなたは、なにを愉しみに?」

「淳ちゃんの肉の壷が不安にかられて、かさかさに乾燥しているか、それとも、期待を漲《みなぎ》らせて、ぬるぬると熱く濡れているか、どちらかと」

「あなたは、ほんとうのお坊様ですか。よその奥さんのわたしを、本気で狂わせてしまうようなお言葉を、平気なお顔をなさっておっしゃるなんて、ひどい方」

ブリーフのゴムのあたりで途中下車していた彼女の手が、二人の卑猥《ひわい》なる言葉が終わらないうちに、ずるりと差しこまれてきた。

あーっ、これは……。ねっ、ほっきい。意味不明の悶《もだ》え声を発した彼女の指が、ほぼ完全勃起した男の肉の頭を、ぎゅっと握りしめてきたのだった。

遅れてはならない。

自分の手も、彼女のパンティの内側に、ずいとのめり込ませる。温かく湿ったヘアが、指先に絡みついてきた。お互いの局部を探りあてたとき、二人の舌は唾液を飛ばして、濃密接吻に進展する。

いくらか饐《す》えたような味わいが口の中に広がった。

信彦は飲んだ。一滴もこぼすまいと。

「淳子さん、ぼくは生来の生臭坊主で、わがままな性格なんです。淳子さんのちょっと猥らしい肉の壷が、乾燥しているのか、それともぬるぬるの湿地帯に変化しているのか、自分の目で確かめて、ぼくの唇と舌で味わってみたいと、今、真

剣に考えているんですが、許してくれるでしょうね。仏門の世界では、人間の手は不浄と教えられていましたから」

唾液が行き交うほどの濃密接吻を一時中断して、信彦は問うた。

「そんなことを、真面目《まじめ》にお聞きになってはいけません。正直にお答えするほうが、恥ずかしくなりますでしょう」

間髪を入れず信彦は、パンティから手を引きぬき、そそっかしい勢いで彼女をソファに組み伏せた。

ああっ、なにをなさるんですか？　仰向《あおむ》けになった彼女の声が、ワンオクターブ跳ねあがった。

「唇と舌がつかいやすいように、と。それに、ぼくの目に、しっかり焼きつかせておきたいと考えて。とても猥らしそうな淳子さんの太腿の奥底を。いけませんか」

「あーっ、もう、あなたの好きになさってください」

かすれ声をもらした彼女の両手が、万歳をする恰好になって、頭の上に掲げられた。完全無抵抗の姿勢であるいくらか呼吸を乱して信彦は、膝のまわりまでめ

くれていたロングスカートを、一気にたくし上げた。

おおっ！　信彦は目を見張った。

彼女の股間を、やっとのことで隠していた逆三角形の布は純白で、さらに驚くべきは、V字型に鋭く切れあがるTバックのデザインらしいことだった。

三十一歳になる人妻がTバックを着用していても、なんら不思議はない。が、清純で愛らしい中学生時代の面影やら、大学教授の奥様であるという現実とは、遠く離れたランジェリーに、信彦は一瞬、見とれてしまったのである。

しかし信彦の手は、すぐさま次の行動に移行した。今ここで手を止めては、彼女の脳裏に、強い羞恥《しゅうち》をよみがえらせるだけだ、と。

彼女の足元にまわるなり、まっすぐ伸びたふくらはぎを両手で握り、ぐぐっと持ち上げた。あっ！　淳子は叫んだ。が、激しい抗《あらが》いの力は加わってこない。

持ち上げた両足を、左右に押し開く。

ハッとして信彦は、一点凝視した。股間の底をやっとのことで隠している細布の横幅は、五センチもない。その白いパンティの底布に、小さな楕円形を描く、グレーのシミを見つけたからだ。

（この人妻の肉底から滲んできた生ぬるい粘液が、シミを浮かせているのだ）

濡れている証拠である。昂ぶりの証《あかし》ではないか。パンティにシミを滲ませるなんて、もったいない。

女のパンティを脱がせる術は、読経やお鈴《りん》を叩く術より、はるかに優れていると、信彦は人知れず自負していた。

一瞬の早業で信彦は、ちっぽけな薄布を足首から抜き取った。

「あーっ、だめ、いけません！」

そのときになって初めて、淳子は強く反応した。剥き出しになった股間の底に右手の手のひらをあてがって、だ。が、指の隙間《すきま》からはみ出てくる黒い毛の群がりが、やたらと卑猥に映ってくるのだった。

もはや一刻を争うシーンの到来である。

信彦は膝立ちになった。ファスナーを開いたズボンを引きおろすなり、大テントを張りあげているブルーのトランクスを一気にずり下げた。窮屈を強いられていた男の肉が、反動をつけて、ぶるんと飛び出した。

「あっ、それっ！」

仰向けに寝ていた淳子の顔が、びくんと跳ねあがった。いくらか充血している瞳を、キラキラと輝かせて、だ。ええい、面倒だ！　信彦は着ていたTシャツもかなぐり捨てた。文字どおりの、素っ裸！

「生臭坊主にしては、わりと元気な躯をしているでしょう」

照れまくって信彦は自己宣伝した。身長は百七十六センチあって、体重は六十九キロ。胸板は分厚いし、太腿の肉づきは逞《たくま》しい。

「体型のことより、あーっ、その、素敵です、あなたの、そこが」

必死に股間を押さえていた手を引いて、淳子は目を丸くした。形の大小より、まさに亀の頭の如くいきり勃つ亀頭の形状が、信彦の自慢の肉だった。

「こいつ、美しいよその奥さんの前でさらしものになって、悦んでいるみたいですね。ほら、ゆらゆらと踊っている」

「主人とは全然違います。とっても力強くで、勇ましいのです」

「さあ、それじゃ、淳子さんの秘密の肉を、ゆっくり見せてもらいましょうか。手で隠してはいけませんよ」

「あっ、はい。あなたのお躯を隅々まで見せていただいたら、わたし、勇気が湧

いてきました。わたしも全部見ていただきたくなったみたいで」

おおっ！　明らかに信彦の上体は前のめりになった。ふたたび仰臥《ぎょうが》した淳子が、両膝を高く立て、そして、勢いよく太腿を左右に開ききったからだ。

その体位は、まさに正確なＭの字型。

すぐさま信彦は腰を屈めて潜りこんだ。太腿を大きく開いたせいで、いくらか腫《は》れぼったく見える二枚の肉畝《うね》は、ほんのわずか左右に裂け、その隙間から透明の粘液に濡れた肉襞が、ぬるりともれ出してきたのだった。

「淳ちゃん、これはうまそうだ。匂いは香ばしくて、色あいは艶やかなサーモンピンクだ。遠慮なくいただきますよ」

開いた太腿を両手でかかえて信彦は唇を寄せ、そして舌先を伸ばし、裂け目のほぼ真ん中あたりに差しこんだ。

ぬぬっと舐《な》めあげる。ほんの少し酸味の利いたトロミが舌先に広がった。

「ああっ、の、信彦さん！　だめ、いけません。そんなところにお口を付けては！」

おおよそ、坊さんの屋敷にそぐわない甲高《かんだか》い女の嬌声《きょうせい》が飛びちっていく。

「クンニは嫌い？」

信彦は聞いた。

「いえ、嫌いとか好きというより、あーっ、そんなところにお口を付けられるなんて、初めて、なの。でも、あん、びびっと響いてきます、お腹の底のほうまで」

「舐めているだけじゃなくて、吸ってみようか。知っていますか、クリトリスを。伸びてくるんだ、女性の芽は……。女の人にとって、その感触がまた、たまらなく気持ちいいらしい、とか」

説明が終わらないうちに信彦は、ぴくんと飛び出すクリトリスを唇で挟んで、つつっと吸いあげた。

ぎゃっ！　信彦の耳には確かに、そう聞こえた。叫ぶだけではなかった。大きく左右に開いた股間の裂け目を、ぐぐっと迫りあげる。

歓喜のうねりだ。

舌先に粘着した肉襞が、ひくついたり、よじれたり。ついでに、濃厚なる粘液が、じゅくりと滲み出てくる。

吸いとって、飲みほす。

だんだん粘りが強くなってくる。ほんの少し酸味が利いていた味に、甘みが増

した。

信彦の舌の動きに合わせ、淳子の腰の上下運動が激しくなったり、スローになったりと、さまざまに変化してくるのだ。

女の肉に受ける快媚《かいび》が、全身を蕩けさせていくのだろうか。

大学教授との夫婦の営みがどのような形で演じられていたのか、そんなことは知る由もない。が、性行為に対する女体の反応は、想像以上に活発なのだ。

できることなら、クンニのお返しにフェラを所望してみようかと、頭の隅をかすめたが、信彦は己の欲望を切りすてた。

今日、この人妻が訪ねてきた目的の大部分は、頭痛や眩暈を発症する自律神経失調症を、少しでも改善することにあったはずだ。

過激すぎては、症状を悪化させる場合もある。

「淳ちゃん、そろそろフィニッシュに向かおうか」

おもむろに促して信彦は、ソファに深く座った。彼女の瞼がぼんやりと開いた。

フィニッシュに？　喉に突っかかったような声が、もれた。

「ぬるぬるになった淳ちゃんの膣《からだ》に、思いっきり深く、入っていきたくなったん

だ」

「あーっ、あなたが？　ねっ、ここで？」

「ぼくは座っているから、太腿を開いて跨《またが》ってくれたら、一番奥まで入っていける」

「そ、そんな、形で？」

「そうだよ。座位。キスもし放題だし、ブラウスを脱いでくれたら、おっぱいにしゃぶり付くこともできる」

「ねっ、だんだんわかってきたわ。二人がどんな恰好になるのか。だって主人とはいつも、普通の形でしょう、そう、正上位だけだった。でも、あなたとは違うのね」

そのときの体位を正しく想像したらしい淳子は、スカートをたくし上げるなり、やる気満々の顔つきになって、太腿を広げ、ゆらりと跨ってきたのだった。

「ブラウスもスカートも、それからブラジャーも脱いでしまおうか。二人は全裸になって抱きあったほうが気持ちいいと思うんだ」

「そ、そうよね。もう、なんにもいりません」

太腿に跨ったまま淳子は、せっつかれたように、ブラウスのボタンをはずした。気前よく脱ぎ捨てる。腰のまわりで皺《しわ》になっていたスカートもさっさと頭から剥いだ。

パンティとペアになっているらしい純白のブラジャーが、あっという間に取り払われた。

予想どおりというか。

ゆらりと溢れこぼれた乳房に、信彦は見とれた。その形状は美しい釣《つ》り鐘《がね》型。いくらか表面張力をしているふうな乳暈《にゅううん》は、五十円玉大で、ポツンと尖った乳首は、濁りのない紅色に染まっていたのである。

三十路《みそじ》をすぎた人妻とは考えにくい清らかさを、全身で匂わせてくる。

「わたし、ねっ、自分の躯が今、ふわふわ浮きあがっているみたいなの。こんな明るいお部屋で、ほんとうの裸になって、ねっ、お坊様の太腿に跨っているなんて、信じられないんです」

密やかな淳子の声が、静まりかえった部屋に、大きく響きわたっていくような錯覚に、信彦はとらわれた。

無言で信彦は、彼女の臀に手をまわし、浮きあがらせ、引きよせた。

「さあ、ゆっくりお臀を沈めてきて」

「きっと、あーっ、あなたが入ってきたら、わたし、気を失ってしまうほど気持ちよくなるんでしょうね」

淳子の頬がぷっと膨らんだ。ピンクに染まった頬に、懐かしい笑窪が浮いた。狙いを定めて信彦は、屹立《きつりつ》する筒先を突き上げた。ぬるりと嵌《は》まっていく。あーっ、信彦さん！　きたわ、入ってくるの。わたしのお肉を掻き分けて、よ。すごいの。お腹の底を揺らしてくるんです。

顎《あご》を反らし、首筋を仰《の》け反《ぞ》らして淳子は、歓喜の声を放ちつづける。

釣り鐘型に実る乳房に、信彦はしゃぶり付いた。乳首を唇で挟んで、つつっと吸いあげる。あうーっ！　淳子は嬌声を張りあげ、さらに胸を迫りあげ、男の肉を飲みこんだ腰を、激しくグラインドさせる。

女の悦びを全身で表わしてくるのだ。

合わせて信彦は、腰をつかった。

突き上げる。襞の壁が、筒先を押しかえしてくる。そのたびに肉筒の根元に、

ねっとりと巻きついた襞肉が、きゅっ、ぎゅっと緊縛してくるのだ。

まさに名器の業物か。

大学教授との目合《まぐわい》では、その実力を発揮できなかった逸品《いっぴん》かもしれない。

そう感じた瞬間、信彦の股間の奥に、激しい吐射の蠕動《ぜんどう》が奔った。もともとこの時間は、指の助けを借りて自家発電を敢行しようと、実行に移しかけていたのだ。

男のエキスは満タンだった。発射を止めたくてもブレーキは、まったく効かない。

「淳ちゃん、ぼくはもう、いきそうなんだ。出そうなんだ。いいね」

信彦の声は弱々しくなっていた。これほど我慢のできない男だったのか、と。

淳子は声もなく、かすかにうなずいた。

瞬間、股間の奥に、痺れるような快感が奔った。どくっ、どくっと、あきれるほどの勢いで、おびただしい濁液が噴き出ていく。

その瞬間の悦びに浸った二人の舌が、すぐには離れていかない強さで、粘りあったのだった。

「わたし、まだ夢心地なの。こんなに夢中になってしまうなんて、恥ずかしいほど」

心臓の動悸《どうき》が治まらない裸の胸を重ねながら、淳子は虚《うつ》ろな声で言った。大量に噴射したはずなのに、彼女の膣奥に侵入した男の肉は、その太さ、硬さを保持したままでいる。

さっさと抜いてしまうことが、名残《なごり》惜しく感じて、だ。

「自律神経失調症なんていうわがままな病気が、少しでも回復してくれたら、うれしいんだけれど」

信彦は彼女の耳元にささやいた。

「ねえ、真面目に聞いてちょうだい。自分で言ったら笑われるかもしれないけれど、わたしの浮気は、わたしなりの価値観とか、こだわりがあったみたい。躯の調子が悪くなったこともあったけれど、主人以外の男性に、一度くらい抱かれても罰が当たらないかもしれない、って。だって、主人とのこれからの長い人生をどう生きていくか、いい勉強、いい経験になった気持ちになっているんです」

淳子はしみじみとした口調で言った。

「今日の経験は二人にとって、貴重な美学かもしれないね」

すぐさま脳裏に浮かんだひと言を、十五年ぶりに再会した美しい人妻に伝えて、信彦はさようならの気持ちをこめて、唇を合わせにいった。

河内の恋の物語

一

秋も深まる十月下旬の、午後。

例年に習って西城慎一《さいじょうしんいち》は、大阪は南の繁華街にある阿部野橋《あべのばし》駅を始発駅にする近鉄《きんてつ》南大阪線に乗った。

この八年ほど、毎年の習慣になっている。そのせいか、乗客の間で、声《こわ》だかに飛びかう関西弁が、妙に懐かしく聞こえてくるようになった。

関西弁とひと口に言っても、近鉄南大阪線を利用する客は、沿線に住む人が多いようで、訛《なま》りの強い河内《かわち》弁が丸出しになって、時に聞きとりにくいこともある。

が、過ぎ去っていく窓外は緑豊かな田園地帯が広がって、米や野菜、ミカンの収穫時期になると、今どきの政情不安な世相など、すっかり忘れさせてくれる長《の》閑《どか》な風景を愉しませてくれる。

阿部野橋を出て三十分ほど。かつて高校野球で一世を風靡《ふうび》したPL学園の総本山を背中にして、慎一は地元のバスに乗りかえた。行く手に聳《そび》えるのは、金剛《こんごう》、葛城《かつらぎ》の連山である。奈良県との県境に聳えるこのふたつの山は千メートルほどの標高であるが、緑一色に染まっていた。

ほとんど乗客のいないバスに揺られること、二十分ほど。

金剛山を源流とする千早川《ちはやがわ》の袂《たもと》で、慎一はバスを降りた。コンビニやファミリーレストランなど一軒もない村は、人の動きが少ない。

人々は自宅で昼寝をしているか、野良仕事に精を出しているかのどちらからしい。夕飯のおかずを買いに行く店がない。

命日とは限らず、年に一回、慎一がこの地を必ず訪れる目的は、河内の里に埋葬された実母の墓参りだった。今年で八回目。あたりを見わたしながら慎一は、ふと、一人ぼっちの哀愁《あいしゅう》にかられた。

(生きているうちに、もう少し親孝行をしておくべきだった)

かな、と。

——今からちょうど八年前の夏、慎一の実母である櫻子《さくらこ》は、八十八年の生涯を

閉じた。死因は老衰。

生存中、医者の手を患《わずら》わせるような病気は、ほとんどしなかった。が、足腰の老化は、寄る歳波《としなみ》に勝てなくなっていった。それでも母親は、達者に歩けなくても、お花のお稽古はできますよと、すこぶる気丈で、三十人近くいた弟子を相手に、活《い》け花《ばな》の稽古に励む日々を送っていた。

年老いても、大きな病気もせず、長寿を全うした理由のひとつは、若いときから学んでいた活け花に、心身を注いでいたから、だろうか。

母親に対して、慎一が唯一の孝行と思っているのは、東京は世田谷《せたがや》の用賀《ようが》に買った自宅に、活け花教室を開いてあげたことかもしれない。比較的広々とした庭に、プレハブで建てた教室の玄関には、墨汁黒々と、『櫻　活け花教室』という看板を提げてあげた。

足腰が弱ってきても、座っている分には支障ない。

きりっと背筋を伸ばした和服姿は、米寿《べいじゅ》を超えても若々しく、弟子の中には、ご近所に住む高齢の男弟子も二人、三人と混じって、稽古のあとは茶菓を肴《さかな》に、世間話に花を咲かせる時間を、たびたびすごしていたことも、あった。

息子の目にも、わりと色っぽいおばあちゃんだな、と映っていたほどである。

傘寿《さんじゅ》をすぎるころから母親は、一人息子の慎一を相手に、一杯の寝酒を愉しみながら、ときどき思い出したように、自分の死後のことを語りはじめた。

「慎ちゃん、わたしはもう、いつ逝《い》っても悔いはないよ。でもね、ひとつだけお願いがあるんですよ」

そのお願いとは、河内の里に建てられた自分の両親の墓に、わたしのお骨を埋めてくれませんか、ということだった。その墓は今、母親とはずいぶん歳の離れた弟である川上静雄《かわかみしずお》が、世話をやいている。

わたしのお墓は、河内にしてくださいよという話を、時おり耳にするたび、慎一はわずかな違和感を覚えたことは否《いな》めない。

その当時、すでに慎一の父親は脳梗塞《のうこうそく》を患って他界し、八王子《はちおうじ》の霊園に埋葬されていた。が、なぜか母親は、わたしのお骨は、河内のお墓に埋めてくれと、真顔で頼んだ。

東京生まれの父親と、河内育ちの母親が、どこで巡りあい、どのような経緯《いきさつ》で結婚に至ったのか、細かなことを聞いたことはなかった。

しかし父親と母親の関係は、それなりに良好だったと、慎一は信じていた。が、遺言にも似た母親の頼みごとの裏には、誰にも語れない、なんらかの理由があるのだろうと、一人息子は察していた。

でなければ、長年連れ添った夫と別の墓に入りたいなどと、願うはずがない。

それでも慎一は、深く詮索することを慎んだ。

夫婦の機微は、息子にも関知できないなにかがあったからなのだろう。

それは、両親に対する一人息子の愛情でもあった。

母親の遺言どおり、彼女の遺骨を河内の里に埋葬した結果、慎一は毎年一回、長年の親不孝の罪滅ぼしと、実りの多い秋に、二泊三日のスケジュールで河内を訪れるようになった。

午前中の新幹線を利用し、地下鉄、私鉄、バスに乗りかえ、はるばる河内に向かうたび、慎一は妻の八重《やえ》に言いきかせた。河内へ行くのはおれの親孝行だから、一人で行かせてくれ。留守を頼むと言い残し――。

バスを降りて慎一は、千早川に掛かっている菊水《きくすい》橋を渡った。

それほど大きな橋ではない。川幅はせいぜい三十メートルほどか。母親に聞か

されたことがあった。何十年もの大昔、このあたりでは珍しい大きな台風に見舞われ、千早川が氾濫《はんらん》し、それまで掛かっていた木製の橋が破壊された。村の衆は役場に陳情した。木の橋じゃ、あかん。今度はコンクリート製の頑丈な橋を掛けてくれ、と。そのおかげで、千早川がどれほどの洪水に襲われても、新しい橋はびくともしなくなったとか。

ゆるい坂道をのんびり歩いて慎一は、手をかざした。ミカン山が金色《こんじき》に輝いていた。

今年も河内ミカンは豊作のようだ。

母親がまだまだ元気だったころ、家の近くの八百屋で買ってきたミカンを手にして、彼女はぶつぶつ文句を言った。形ばっかしあんじょうできておるが、味はあかん。水っぽかったり、ふかふかだったりして、外面《そとづら》だけや。やっぱし、ミカンは河内や。形は小粒でも、実はしっかりしておるし、甘くて、味が濃い。ほかの土地のミカンは、もむない、と。

ちなみに、もむないとは河内弁で、まずいという意味だ。

なにごとであれ、世間様に注文をつけるとき母親は、関東人の耳には粗暴にも

聞こえる河内弁を丸出しにした。生まれ落ちてから地元の高等学校を卒業するまで、河内の山間《やまあい》で育った母親は、わたしはバイリンガルやでと、得意そうに言ったこともあった。

母親の言うバイリンガルとは、東京にいるときはなめらかな東京弁で、ひとたび河内を訪れると、癖のある河内弁が自然と口から出ることだった。

母親が誰はばかることもなく自慢していた河内のミカンは、今年も豊作のようで、甘そうに色づいている。

急な坂道になって、慎一は足を止めた。知らない間に、息づかいが荒くなっていた。今年の誕生日を迎えて慎一は、六十六歳になった。若いころから特別な運動をしていたわけではない。が、あの程度のスポーツでも、それなりに足腰を鍛えてくれたのかなと思うのは、慎一が経営する不動産取引き業の仲間から勧められ、ちょうど四十歳のときから始めたゴルフだ。

当初は、まあ、態《てい》のいい接客用だろうと考えていたゴルフに熱中し始めたのは、クラブを握り始めて半年ほど経ったころだった。

おもしろい。練習場通いをした。熱が昂《こう》じて会員権を取得した。

以来、一週間に一度はホームコースでラウンドするようになった。雨の日も風の日もお構いなしに。慎一が会員権を購入したゴルフ場は埼玉県にあって、起伏の激しい丘陵コースで、知らぬ間に足腰の鍛錬となっていたらしい。が、この数年、ゴルフも飽きて、コース通いも減っていた。運動不足からくる体力の減退は、ちょっとした坂道でも息切れするようになった。

ひと休みして慎一は、墓地の入り口に着いた。

田舎の墓場は、親切にできている。清掃用の手桶《ておけ》や杓子《しゃくし》、布巾などが用意されているのだ。どなたでも自由に使いなさい、と。手桶に水を入れ、杓子を手にして、慎一は奥まった一角まで歩いた。

母親の実家である川上家は、明治時代の中期からつづく旧家だそうで、いくつもの墓石が立ち並んで、あたりを睥睨《へいげい》しているような赴《おもむ》きもあった。指を折って数えてみると、大小合わせて九つ。中にはみっしりとコケに覆《おお》われ、誰の墓なのか定かでないほどの古い墓石もあった。

石の階段を五つ、六つ上がったとき、はっとして慎一は足を止めた。

お盆の時期はとっくにすぎているというのに、川上家の墓石のどこからか、線

香の白い煙が立ちのぼっていたからだ。墓の面倒をみている川上の叔父《おじ》さんか？

慎一は用心深く覗いた。

叔父に出くわすと、さあ、今夜はわしの家の泊まれ。久しぶりに呑みあかそうやないかと、無理やり引っぱりこまれる危なさがあったからだ。

叔父を嫌っていたわけではない。好人物だった。が、たまに傷はあきれるほどの呑ん平で、先に酔いつぶれるのは必ず慎一で、翌朝の二日酔いは、頭のてっぺんに五寸釘を刺しこまれたような疼痛《とうつう》に襲われ、苦しかった。

だから、今日は、叔父に会いたくない。

あれっ！　いくつも並んだ川上家の墓石の前で腰を折り、静かに祈りを捧げている人が女性であることがわかって、慎一は小首を傾げた。

和服姿だった。薄紫の小紋《こもん》らしく、帯はくすんだ色あいの二重太鼓《にじゅうだいこ》。よく見ると、帯の紋様は桜が染められていた。

(お袋に関係のある女性じゃないのか)

小さな花びらを散らせる、桜を染めた帯を巻いていたのだ。間違いない。実りの秋とは不釣合いな絵模様だったから。

母親も桜を染めた着物や帯を、何枚か持っていた。

女は新しいロウソクと線香に火を灯し、墓石の前に供えた。ふたたび手を合わせ、女は頭《こうべ》を深く垂れた。黒い髪を頭の後ろに丸く結い上げ、細い簪《かんざし》を一本挿《さ》している髪形は、それなりの年齢を感じさせる。

それにしても色っぽい。

ほっそりとした首筋が、だ。

しかし、どう見たって、地元の女ではない。楚々《そそ》とした和服姿は、どちらかというと、騒々しさを感じる河内の里にそぐわない。それじゃ、何者なのだ？　彼女が手を合わせている墓石は、間違いなく、母親の遺骨を埋めた墓だった。

一瞬、慎一は、言い知れぬ寒気が、背中いっぱいに奔《はし》ったような不吉な予感に襲われた。

もしかしたら、母親の隠し子！

慎一は一人っ子である。なぜ母親は二人目、三人目の子を宿さなかったのか、理由はよくわからない。傘寿をすぎても母親は、壮健だった。子供の二人や三人いても不思議ではない。

それなのに、西城家に誕生した子供は、慎一、一人だった。

うーん、やっぱり！　長い時間、墓前で神妙に手を合わせる女の姿を追っているうち、慎一の推測が次第に現実味を帯びてきた。歳のころは四十代半ば、か。横顔を見ているだけだから、実相はよくわからない。

けれど、桜模様の帯を締めている姿は、母親との深い絆を物語っている。

なるほど！　慎一は一人で合点した。

自分の墓をわざわざ河内の里に指定したのは、隠し子がいたせいだ。父親と同じ墓に埋葬されては、あの世で夫婦喧嘩のタネになる、と。

しかし今さら真実を追究しても、とっくの昔に他界している両親は、余計な詮索はやめろと、あの世から諭《さと》してくるかもしれない。

臭いものには蓋《ふた》をしろ、のたとえもある。

墓参りの旅は二泊三日を予定していた。お参りをするのは今日に限ったことではない。明日、改めて来てもいいだろう。なかなか墓の前から離れようとしない女を見すごして、予約しておいた天王寺《てんのうじ》のホテルに、一旦戻ろうか。面倒な事案に関わりたくない。

今のところ、慎一夫婦は安穏とした生活を送っているのだから。

ややこしい火種を、外からもらいたくない。

それとも、あなたはいったいどなたですか？　と、勇気を奮い起こして尋ねてみようか。慎一は二者択一に迫られた。

悪人ではなさそうだ。亡き母親を供養する姿は、一心に見えた。

(正体を暴いてやるか)

やっとの思いで慎一は、重い腰を上げた。墓の前で不乱に祈る女の背後までこっそり歩いて慎一は、こほんと小さく咳《せき》払いをした。脅かしてはならない。ひょいと振り向いてきた女は、和服の裾《すそ》に指先をあてがいながら、あわてたふうに、立ちあがった。

赤い口紅を薄く注《さ》しただけで、ほとんどノーメイクの女の顔は、小さかった。額にほつれた前髪を指先ですき上げながら女は、突然、目の前に現われた慎一を、やや目を細めながら見上げてきた。

呼吸を詰めたような、声のない見合いが数秒つづいた。

母親の隠し子じゃなさそうだ。

腹の底で慎一は、ほんのちょっと安堵《あんど》した。母親とは似ても似つかない。母親は切れ長の目だったが、この女の眼《まなこ》はまん丸で、鼻の形が違いすぎる。女の鼻はかわいらしく、つんと尖《とが》っていた。

「ぼくの母親は櫻子と申しまして、ぼくは一人息子の慎一ですが、あなたはどちら様ですか」

六十六歳のおっさんにしては、うまく呂律《ろれつ》がまわらない。ひどく口下手な物言いになった。

理由は、近場で見ると、なかなかの美人で、慎一の胸に、わずかな好奇心を湧きたたせたからだった。が、どちらにしても、見覚えのない女だった。

「わたしです。お忘れですか。大場千尋《おおばちひろ》です」

女はやや声高《こわだか》の、なぜか非常に、焦った東京弁で答えた。

少なくとも、訛りの強い河内弁ではない。が、瞼《まぶた》をいっぱいに広げた表情に、驚きの色は隠せない。

忘れた？　名前まで名乗られ、真面目《まじめ》に尋ねられて慎一は、答えに窮した。これほどの美人を忘れるはずがないだろう。だいいち、どこで会ったのかも覚えて

いない。

「申しわけありません。今日初めてお会いしたわけじゃないんですね」

慎一は聞きなおした。

「失礼しました。慎一様とお会いしたのは、もう十年も前のことでした」

目尻に恥じらいの小皺《こじわ》を刻ませて、女は言った。

「十年も前のこと?」

「はい。櫻子先生がお元気なころでしたから」

慎一はやっと気づいた。母親のことを櫻子先生と呼んだのだ。したがって、活け花教室の弟子に違いない。しかし母親の教室に通ってくる弟子の顔や名前はほとんど知らなかったし、目の前で微笑《ほほえ》みを浮かべる女の顔を、何度見なおしても、思い出せないのだ。

「母親の活け花教室に通っていらっしゃった、とか?」

「はい。十年も前のことでしたから、わたしも、もっと若かったでしょうし、今は、すっかりおばあさんになってしまいました」

おばあさんなんて、とんでもない。

顔には艶がある。首筋のまわりは皺一本ない。肉のたるみも見当たらない。老化の、ろの字も見つからない。

「そうしますと、あなたとぼくは十年ほど前、活け花教室で顔を合わせた、とか?」

「はい。わたしいつも、お稽古が始まる一時間ほど前にうかがって、お教室のお掃除をさせていただいておりました」

「そうでしたか。厄介をかけて申しわけありませんでした」

「いいえ。櫻子先生に、気持ちよくお稽古をしていただくためでした。そのとき、たまたま慎一様がお教室にいらっしゃって、稽古の始まるまで、まだ時間があるから、コーヒーでも飲みませんかと、誘ってくださったのです」

「コーヒーを、ですか。ぼくはきっと、閑《ひま》を持て余していたのかもしれません。ご迷惑だったでしょうね」

「それがね……」

そこまで言って女は、くすんと、さもおかしそうな思い出し笑いをもらした。

「決して、下心があったわけじゃないと思いますよ。でも、コーヒーを飲みませんかなどと、図々しくお誘いしたことはお詫びします」

「いえ、そんなことではなく、あの、そのとき慎一様はランニングシャツと短パンだったのです」

「ええっ！　そんなにずぼらな恰好《かっこう》でしたか」

母親の口から出た河内弁は、一人息子の躯《からだ》のどこかに、まだ息づいていた。

「でも、変なお肌と、わたし、つい、見つめてしまいました」

「変な肌、とは？」

「胸のまわりは白いのに、上膊《じょうはく》の半分から先は、日焼けで真っ黒でした。それから、右手の甲と左手の甲も、色違いでした。どこかで農作業でもやっておられたような」

やっと謎が解けた。

その当時は、まだゴルフに熱中していた。ゴルフウェアが半袖だと、直射日光をまともに受けて、二の腕の半分くらい先は、火ぶくれしそうなほど日焼けした。右手と左手の色が違うのは、左手にはグローブを嵌《は》めていたからだ。

「しかしあなたほどの淑女の前で、ランニングシャツと短パンでいたとは、礼儀をまったくわきまえない、けしからん男でしたね」

「お歳はよくわからなかったんですけれど、わたし、慎一様の立派な体格に見とれて、初対面なのに、のこのこリビングルームに付いていってしまいました。あれは、あの、多分、わたし、慎一様に一目惚《ぼ》れしてしまったんだと思います。ほんとうに、素敵な男性だったんですよ。ですから、忘れるはずがありません。女にも、一目惚れしてしまうような、熱い感情があってもよろしいでしょう」

ずいぶん積極的な告白を聞かされ、慎一はやや腰が引けた。

「大場さんほどきれいな女性に一目惚れされていたなんて、男の至福としか言いようがありませんね。しかし、うれしい昔話です」

「昔話じゃありません。慎一様にはご迷惑でしょうが、わたしの胸の中には、そのときの熱い恋の炎が、埋《うず》み火《び》になって残っています。全然、消えてくれません。だって、忘れられないんですもの」

「ええっ、今も、ですか」

「わたし、今から九年ほど前の、三十四歳のとき、お見合い結婚をしました。真面目な公務員の方です。結納を交わしたとき、わたし、彼にはっきり申しました。諸般の事情が合意されたら、わたしはきっと浮気をします。それでも結婚します

か、と」

「浮気宣言を……？」

半分聞き流しながら、慎一は急いで暗算した。九年前、三十四歳だったらしいから、今は四十三歳か。女体の熟れ時だ。

「はい。いつ慎一様と再会するかもしれません。女の一念です。そのときはきっと、わたしの身も心も、慎一様に捧げるつもりでしたから」

「ご主人になられる男性は、なんと答えましたか」

「笑っていました。きつく咎《とが》められたわけではありませんから、快く承諾してくれたと思っていました」

「諸般の事情が合致するかどうかは別にして、母が亡くなってもぼくの家に来てくださってもよろしかったのに。コーヒーではなく、なかなかうまいブランディをご馳走しましたよ」

「いいえ。それでは押しかけ女房、いえ、そうではなく、押しかけ女になってしまいます。それで、櫻子先生のお墓をお参りしていたら、きっと慎一様にお目にかかるチャンスがあると、一年に三度、四度とお墓参りをさせていただいていま

した。櫻子先生のお引き合わせがあるかもしれないと、小さな期待をいだきながら、です」

「ええっ、こんな田舎に、三回も四回もいらっしゃった？」

「はい。ここから車で二十分ほど走ったところに、祖父が元気で住んでおりますから、おじいちゃん孝行も兼ねて、です」

一気にしゃべりまくって、彼女はほっとしたように、肩で息をし、ぽっと頬を染めた。

「その再会の日が、今日でしたか」

「今、わたしの気持ちは青い空にたなびく白い雲のよう、です。いえ、違いました。かわいらしく実った河内ミカンのように、甘く、熟しています」

「しかし、ぼくもいつの間にか、ずいぶん歳を食って、不恰好な爺さんになってしまいましたから、どのようにお応えしていいのか、いささか迷ってしまいますね」

千尋の足が、ふいと一歩前に出た。

「慎一様、これからミカン山に登ってみませんか。祖父のミカン山です。お花の

お稽古が終わったあと、ときどき、櫻子先生とは河内の思い出話が出てきて、とっても愉しくて、時間を忘れました」

「ええっ、そうすると、大場さんも河内のご出身でしたか」

「はい。隣村です。櫻子先生とはときどき、おミカンの話もしていたんですよ。ですから、ねっ、今日はわたしのわがままを聞いてください。櫻子先生もきっと許してくださるはずです。だって、十年も経って、やっと念願が叶ったんですもの」

催促されて慎一は、しげしげと彼女の全身を見なおした。

和服である。足元はエナメル製らしい草履《ぞうり》で、こんな足元では、急斜面のミカン山に登れるはずもない。

「和服で、ミカン山に、ですか」

「こけそうになったら、助けてくださるでしょう」

こけそうとは、関西弁で転びそうという意味だ。

彼女の言葉づかいが急に砕《くだ》けて、甘えた。こけそうになる前に、おんぶをしてあげてもいい。誰の目もなさそうだから、お姫様抱っこをしてあげようかと、気

分が乗っていく。

六十六歳の老躯に鞭《むち》打った。

奇跡的な再会に恵まれた以上、息切れしたなんて、弱音を吐いている場合じゃない、と。だいいち、慎一にとってはほぼ初対面のような女性だったのに、彼女の巧みな話術に載せられたのか、慎一自身も、十年ぶりに再会した愛しい女に思えてきたのだった。

二

歩いて十数分。

ミカン山の麓《ふもと》に来て、慎一は急斜面を見あげた。熟した黄色い実が、文字どおりの鈴《すず》生《な》りだった。生前、母親は自慢そうに言ったことが、何度もあった。河内ミカンのお山は急斜面で、陽当たりと風通しがよくて、その上、水はけいいから、甘いミカンに育つんですよ、と。

母親の言は正しかったが、頂上まで登っていくのは、かなりの力技が必要に思

えた。しかし、後れをとっているときではない。

さあ、登りましょうかと千尋に声をかけようとして、慎一はぎくりと驚いた。彼女はさっさと、白い草履を脱ぎ捨てたのだ。真新しい足袋が、土に汚れることなど厭《いと》わない。ああっ！　さらに慎一は、度肝を抜かれた。彼女は休む閑もなく、和服の裾《すそ》に指を掛け、尻はしょりをして、帯の間に挟んだのだ。

決断が早い。

あらわになった薄桃色の肌襦袢《はだじゅばん》が、秋の陽射しを受けて、きらきら光った。まぶしい。

「このお着物は、櫻子先生にいただいた大切な品です。汚すわけにはいきません。でも、慎一様、足元が不安定なのです。手をつないでください」

千尋は着物の袖《そで》から手を伸ばした。

なんとまあ、ほっそりとした腕なのか。まさに純白の素肌。

「しっかりつかまってくださいよ」

慎一は手を伸ばした。二人の手がひしっと絡《から》んだ。引きよせた。見あげてきた彼女の表情に、それは満足そうな笑みがこぼれた。足袋や肌襦袢だけだったら、

新しいものを買えばいい。が、母親の遺品にもなる着物は、買い換えるわけにはいかない。

足袋だけになっても、彼女は足を滑らせる。

慎一の目には、わざとらしく映った。甘えているのだ。

「もう少し登ったら、農機具を入れる小屋があります。藁草《わら》履があるはずですから」

声を詰まらせながら千尋は言った。

慎一は両足を踏んばって、引きあげた。彼女の両手が、慎一の手首にしがみ付いてきたのだった。

「こんなことになるんだったら、二人とも山登り用の衣服に着替えてきたほうがよかったですね」

「いいえ、身軽な恰好だったら、慎一様はこれほど優しく助けてくださらなかったでしょう。勝手に登りなさい、なんて、言って、きっと、ほったらかしにされていました」

こんなに辛い恰好になっているのに、彼女の甘えたしぐさは、どんどん熱を帯

びていく。

「ぼくは、そんなに冷たい男に見えますか」

「はい。十年もの長い間、わたしを見捨てて、知らんぷりをなさっていましたから」

言いがかりもはなはだしい。が、その言い草が、ますますかわいらしさをつのらせてくる。いたいけない幼女が駄々をこねているようで。

急峻《きゅうしゅん》な山肌の隙間《すきま》にできた窪地に、やっと辿《たど》りついた。

以前から申し合わせていたかのように二人は、真正面から向きあって、立ちすくんだ。

二人の身長差は二十センチ弱。濡れたような眼差《まなざ》しを送ってきた彼女の唇の端が、小刻みに震えた。小さな顔が、ますます小さく見えてきて。

反射的に慎一は、千尋の腰に手をまわした。分厚い帯は邪魔っけだが、愛らしい一人の女性を、これほどすばらしい場所で、しっかり抱きしめた感触は、半分死に体になりかけていた六十六歳の男の体力を、急速に、そして勇躍として活性化させたのだ。

二人の視線が至近距離でぶつかった。

今になって、ぼくの好きにしてもよろしいですか、などと、無粋《ぶすい》な言葉を吐くのは、火柱の勢いで高まってきた二人の感情に、ざんぶりと冷水をぶっかけるのと同じだ。一人でそう判断した慎一は、いきなり彼女の頭の後ろを支え、唇を寄せた。

じっと慎一の表情を見すえていた千尋の瞼が、静かに閉じた。

唇を向けてきながら彼女は、爪先立った。

二人の唇が静かに重なった。

激しい息づかいを感じた。甘いのだ。かたわらの木で黄色く色づいているミカンの香りのような。

二人の唇はなかなか離れない。

慎一は閉じていた目を、そっと開けた。ほぼ同時だったのかもしれない。千尋の瞼も開いた。なぜか不満そうに。

やや潤んでいるような彼女の目が、なにを訴えているのか、慎一はすぐに察した。両手で彼女のウエストを強く抱きなおし、慎一は舌先をすべり込ませた。

六十六歳の男と、四十三歳になった女の接吻にしては、かなり稚拙《ちせつ》な舌の絡まりだった。

ううっ。千尋の喉が鳴った。

喉を鳴らしただけではない。爪先立ったまま、千尋は股間をこすり上げてきた。ぐいぐいと。突然湧き上がった女の情念を隠すこともできず。

うんっ！　慎一はそのとき、己の股間に熱い血流が、どどっと、力強く、一気に結集してきたような感覚に浸った。

数年前まで、妻には内緒で、それなりに男の戯《あそ》びも勉強、実践した。相手は不特定多数。秘密の女をどこかに囲うような戯《たわ》けは、家庭崩壊につながると、厳に己を戒《いまし》めていた。

ところがゴルフに飽きはじめたころと時を同じくして、女戯びも卒業していた。なぜか？　身体的感覚で表現すると、発射角度が信じられないほど鈍くなってきたからだ。

ゴルフでたとえると、二百四十ヤードは飛んでいたドライバーショットが、いくら力んでも、百八十ヤードしか飛ばなくなった情けなさに似ている。

吐射の爽快感《そうかい》がない。男にとっては唯一無二の快楽なのに。

極端に言うと、いつ発射したのかよくわからない。力なく、とろとろと。おれも高齢者の仲間入りをしたのかと、あきらめた。

発射の勢いが失《う》せてきたとき、慎一は潔く、女戯びを放棄した。ほかにもやることがあるだろう、と。一旦、男の肉の放射点に栓をしてしまうと、まるで役立たずになってしまう。

だが！　偶然の再会で巡りあった妙麗なるご婦人を、両手に抱きしめ、浅ましいほど激しく、お互いの唾《つば》を飲みあう接吻をつづけているうち、慎一の股間に熱い脈動が奔ったのだった。

紛れもない。ぐいぐい勃《た》ちあがっていく。

その変化をいち早く察したのか千尋は、股間を力強く迫《せ》りあげながら、狂おしいほどの勢いで、押しつけてくるのだった。狙い箇所は正しい。あっという間に、棒勃ち状態になった男の肉の裏側を、的確に攻めてくる。

「うれしい。慎一様はわたしのことを、愛してくださったのね。あーっ、だって、こんなに固くなっています」

股間の押しつけをますます強くして、千尋は喘《あえ》いだ。

実にまどろっこしい。

自分が穿《は》いている厚めのズボンと、彼女の和服の裾が、二人の肉体の間に鉄壁の境界線を作っているようで。

「慎一様、あーっ、お願いがあります。聞いてくださるでしょう」

唇を離した千尋の声が、ミカンの葉っぱを震わせた。慎一の目には、確かにそう映った。

「もしかすると、千尋さんとぼくの思いが、同じなのかもしれない」

「ねっ、どんなこと？」

「二人はこんなに熱く抱き合っているというのに、邪魔な奴がいる」

「はい、そうです。ねっ、いいでしょう。お洋服を脱いでください」

この場所で？　思わず慎一は、青く澄みわたった秋の空を見あげた。せめて農機具の収納場所になっているらしい小屋に入ってから、と考えていたのに、彼女の要求は一分一秒を争っているふうなのだ。

「ジャケットや、シャツを？」

「もちろんです。ああん、それだけじゃ、ありません。下も脱いでください」

あっ、おいっ！　慎一は大いにあわてた。上半身だけではない。下半身も、らしい。ミカン山の中腹で、全裸になってほしいとねだられた。

一大事である。

「誰か来ませんか」

なぜか慎一は、声を低めて確かめた。

「おじい様は、お家《うち》で、お昼寝中です」

本気なのだ。再度、慎一はあたりを見まわした。もちろん人っ子一人いない。

この歳になって、ミカン山で全裸になる運命が待っていたとは！

だが、一瞬にして慎一は腹を固めた。これほど愛らしい女性にねだられているのだ。ためらっているときではない。ましてや股間の肉は、何年ぶりかで熱い噴火の兆候を示している。

こんなチャンスは、二度と訪れることもなかろう。

淑女の期待に、気持ちよく応えてやれよ！　慎一は己をけしかけた。

「田舎のお巡りさんが、おっとり刀で駆けつけてきて、猥褻《わいせつ》物陳列罪で逮捕され

たら、千尋さんが責任を持って、ぼくの身元引受人になってくれるでしょうね」

わざとらしい冗談を口にして慎一は、ざわつく気持ちの動揺を抑えた。

「安心してください。おじい様は地元警察の署長さんとすごく仲がよくて、いつもお酒を呑む関係ですから、すぐ釈放してもらいます」

大真面目に答えられた。

事後を心配する場合ではない。

慎一は丹田《たんでん》に力をこめた。だらだらしていると、六十六歳の大人の常識が表にでてしまうかもしれない。

いたずら事は急げ！　着ていたジャケットをいち早く脱ぎ捨てるなり、肌着もろともカッターシャツを剥《は》ぎとった。はっとしたように彼女の足袋《たび》裸足《はだし》が、土を削って、半歩前に出た。

「十年前のような、日焼けはしていないんですね。でも、大きなお躯です。胸のまわりも逞《たくま》しくて」

千尋の声が上ずった。

作業はこれからが本番なのだ。

　慎一はこっそり、己の下半身……、いや、股間に神経を集中した。偉い！　真底、誉めてやりたくなった。雄々《おお》しい。何年ぶりかのマグマの活動は、根元あたりに強烈な脈動を奔らせ、ぐいっと、伸びきっている。

　このような場合、肝心の肉がだらしなく萎《しお》れていたら、間違いなく、行動は鈍る。が、逞しいのだ。わずかな痛みを伴うほど。

　さあ、存分に見てもらいましょうか！　再度、己を叱咤《しった》して、慎一はズボンのベルトをほどくなり、トランクスもろともずり下げた。

　彼女の足袋裸足の爪先が、さらに激しく、土を蹴った。

　千尋の視線が、忙《せわ》しげに上下を移ろいだ。慎一の頭のてっぺんから爪先までを。そして、一点注視して、ぴたりと止まった。視線の先は、裏筋を跳ね上げ、そそり勃った男の肉の裏側だ。

「すごい……」

　喉に詰まったような声をもらした千尋の膝が、がっくり折れた。

　これっ！　その着物は櫻子先生の遺品でしょう。汚したらいけません！　慎一は強く注意したくなったが、声にはならなかった。彼女の両膝は、なんのためら

いもなく、土の上をすべったのだ。

今は大事な着物より、雄々しくそそり勃つ男の肉のほうに、彼女の興味は集中しているらしい。着物の汚れなど、眼中にありません、と

しかし慎一は彼女の気持ちを鎮めるつもりで、それ以上、動いたらいけません、、彼女の真ん前まで歩を運んだ。高級洗濯屋で洗い張りをさせても、汚れが取れないこともある。

「あの、わたしが想像してお躯より、ずっと大きくて、きれいです。慎一様はおいくつになられたのですか」

慎一の親切心など無視したように、彼女の問いかけが、かすれた。

「恥ずかしながら、六十と六歳に」

「うそです。信じられません。あの、このお肉の頭のほうは、艶光しています。びっくりするほど笠は大きく開いて、それから、お肉を支える筒に、太い血管を浮かせているんですよ。脈々と、です。還暦《かんれき》をすぎたお歳だなんておっしゃって、わたしを騙《だま》しておられるんでしょう」

自分でもびっくりしているんですよ。この何年か、ぐっすり眠ったままで、撫

でてやっても、叩いてやっても、目を覚まさなかったんです。真実を伝えてやりたくなったが、

「気持ちが悪くなかったら、さわってやってくれませんか。ひょっとすると、もっと大きくなるかもしれない」

図に乗って慎一は、彼女の顔を目がけて、さらにぐいっと、股間を迫り出した。土の上で膝立ちになっていた彼女の上半身が、やや仰《の》け反《ぞ》った。慎一の気迫に、怖れをなしたかのように。

「さわっても、よろしいのですか」

上ずった千尋の声が、熟したミカンに響いたのか、ゆらりと揺れた。

「どこでも、どうぞ。さわるなり、握るなり。もし気分が乗ったら、味見をしてもらっても構いませんよ」

男の肉が勇躍として屹立《きつりつ》しているせいか、慎一の声は男らしく、自信に満ち溢《あふ》れていく。

「ああん、慎一様はとっても猥《いや》らしい方です。こんなに明るく、まぶしくお陽様が照っているのに、あの、そこに、キスをしなさいなんて」

「気が向かなかったらいいんです。でも、千尋さんの口を待つ心は、切なる男の願望ですからね」

「ほんとうに？」

「もちろんです。思いっきりよく根元まで含んでもらったら、ぼくの六十六年の人生の、最高の幸せになりますね」

「あーっ、もう、知りません」

ひと声もらした千尋の指が、天空に向かって突きあがる男の肉の筒を、ぎゅっと握りしめてきたのだった。おおよそ九年に及ぶ結婚生活を、大過なくすごしてきた人妻にしては、握り方は無茶で下手くそだ。筒先が鬱血《うっけつ》してしまいそうなほど力強く引きしぼってきたからだ。

生まれて初めて男の肉に遭遇したような、けたたましさ、だ。

ああっ！　慎一はたまげた。

優しさや慈《いつく》しみなど、かけらもない。彼女の唇が大きく開いたと見た瞬間、真上から、ぐぶぐぶっと飲みこんできたからだった。かすかに歯が当たる。肉筒の周囲に、きりっとした痛みが奔った。が、今のシチュエーションは、その痛みを、

男の快楽に変化していくだけだった。

千尋の顔が上下に動き出した。信じられないほど荒々しく。きれいにまとめられていた黒髪がほどけ、細い簪が地面に落ちた。

そんなことは知らぬ存ぜぬの様子で、千尋は口を使う。

思わず慎一は、彼女の頭を両手で挟んだ。

秋深い気候は、心地のよい山風を送ってくるのに、彼女の頭皮はじわりと、生温かく湿っていた。この人妻の昂奮度を正直に表わしている。

上下に動いていた彼女の口が、円運動に変わった。彼女の口の中に飲みこまれた筒先に、生ぬるい粘膜が粘ついてくるのだ。

ちょっと、待ってくれ！　この数年、箪笥《たんす》の奥底に仕舞って、世間様の刺激からすっかり遠ざかっていた肉の棒である。現役のころは、遅漏の慎さんと、その道のプロフェッショナル嬢から揶揄《やゆ》されていたものだが、久しぶりに陽の目を見た肉の棒は、わずかな刺激で、早々《はやばや》と沸点に達しそうな危うさに遭遇している。

「千尋さん」

慎一は助けを求めた。

喉の奥まで飲みこんでいた男の肉を、ぷっと吐き出した千尋は、肩で大きく息をしながら、なあに？　と見あげてきたのだった。唇の端から、口の中に溜まったらしい唾液を垂らしながら、だ。

本来であれば、なんとまあ、締まりのない顔つきなのだとあきれてしまうところなのだろうが、無我夢中に男の肉をくわえていた口は、とてつもなく色っぽく、いじらしく映ってくる。

「ちょっと具合が悪くなってきた。歳がいもなくね」

自分の気持ちを正直に伝えた。

「具合が悪いって、お腹が痛くなったわけじゃないんでしょう」

四十三歳になる人妻にしては、問いかえしが幼い。

カマトトぶっているふうでも、なさそうだし。

「この作業を、あと三十秒もつづけられると、その、千尋さんの口の中で大爆発するかもしれない」

大爆発……？　小声で反芻《はんすう》した千尋の目元に、初めて、成熟した人妻の媚《こび》を含んだ笑みが浮いた。

「もう少しの時間、我慢してくださいね」

ひと声残した千尋は、すくっと立ちあがった。

あっ、なにをするんだ！　声をあげそうになったが、慎一はこらえた。千尋は両手を背中にまわすなり、帯締めをほどき始めたからだ。

彼女の手は器用に動いた。

桜の紋様を描いた帯が、はらりとほどけるまで、それほど時間はかからなかった。すっかり垂れ落ちた帯を折りたたんで千尋は、ミカンの枝に掛けた。これほど緊急な事態に立ち至っても、櫻子先生の帯は決して汚しませんという、礼儀はわきまえている。

前の割れた着物の隙間から、薄桃色の長襦袢が表われた。

彼女の手は止まらない。長襦袢の前を閉じる細紐を、あっさりほどいたのだ。

「こんな明るいところで、恥ずかしい。でも、見てくださるでしょう、わたしの裸。おっぱいも、そんなに大きくありません。でもまだ、中年おばさんの小太りにはなっていないと思います」

自分が素っ裸になっていることも、彼女の唾液に濡れた男の肉が垂直に勃ちあ

がって、ゆらゆら揺れていることも忘れて慎一は、目の前にさらされた白い裸身に食い入った。

乳房の大小など、今はまるで関係ない。

慎一の目に焼きついたのは、熟したイチゴ色に染まった乳首が、痛そうなほど尖っていることだった。ウエストにも、無駄肉は付いていない。いや、そんなことより、股間の丘に茂る黒い毛の群がりに、慎一の目は、急速に吸いよせられた。縮れの強そうなか細いヘアが、もじゃもじゃっと、小高い肉の丘にへばり付いていたのだ。

間違いない。この茂りようは、女の情欲の深さを見事に証明している。

もはや、この場所がミカン山だったことも、慎一の脳裏からかけ離れていた。

彼女のすべてを我がものにしたいという男の独占欲が、慎一の行動を早めた。

慎一は彼女の前に、しゃがんだ。やや手荒に、彼女の臀《しり》に両手をまわすなり、黒く群がるヘアを丸飲みにするつもりで、しゃぶり付いた。

「あーっ！　慎様！」

甲高《かんだか》い声が、天空で弾き割れたように聞こえた。彼女の呼びかけに、慎一の一

が消えていた。高まりのせいか。

いやがっているのではない。股間を押しつけてくる。さらに、太腿《ふともも》を開き気味にして。

そのしぐさは、あなたのお口と舌を、もっと深くに埋めてくださいとねだっている。断る理由はなにひとつない。慎一の右手が、千尋の太腿を支え上げた。股間が広がった。もっと奥のほうを見たいという欲望を捨て、慎一は舌先を伸ばした。

細いヘアが舌先に絡んできた。が、その先に待ち受けていたのは、ぬるりと感じる生温かい襞の沼だった。舌先に粘ついてくる襞肉が、どの部位であるかなど、まったくわからない。

けれど、ひくひく、ぴくぴくと痙攣《けいれん》して、甘酸っぱい粘液を、じゅくじゅくと染み出してくるのだった。舌先ですくい取って、喉に流しこむ。葛湯《くずゆ》を甘ったるくしたような味わいだ。

「慎様、あーっ、もうだめ。いけません。ねっ、あなたの舌がうごめいているその奥のほうから、ああん、なにかが噴き出てきそうな感じがします。おしっこじ

やないのよ。生温かいなにか、が、です」

右手で支え持った彼女の太腿の裏側に、びっくりするほどの震えが奔った。ほぼ同時に、左右に裂けた肉畝《うね》の真ん中あたりに、とろりとした粘液がこぼれてきたのだ。

舐《な》めとって、飲みこんだ。

糸を引くほど粘っこい。

「千尋さん、これ以上我慢をしていると、おじいさんが大事になさっているミカン山に、ぼくの白いエキスを撒《ま》き散らすことになってしまいそうだ。ぼくらは、十年ぶりに再会したでしょう。ここ数年、ぼくの体内に留め置いたエキスは、すべて千尋さんにプレゼントしたくなりましたよ」

「それは、ねっ、わたしの膣《からだ》に、入ってきてくださるということ？」

「そうです。一番奥まで、です」

「それじゃ、あん、わたしはどうすれば？」

「ミカンの木の枝につかまって、お臀を突き出してください。ぼくは後ろから入っていきますよ」

「あーっ、慎様はほんとうに猥らしいお方。こんなに明るいおミカンの山で、後背位、なんて。わたしを、お犬さんスタイルにさせたいのね」

恥ずかしがっているのか、ためらっているのか、よくわからない。

が、千尋の行動は素早く、大胆だった。

手ごろなミカンの枝を見つけ、片手で支えるのと同時に、もう一方の手で、乱れきった着物と襦袢の裾を、無造作にたくし上げたのだ。はち切れそうなほど熟れきったハート型の肉が、秋の陽差しをまともに受けて、まぶしいほど、照り輝いた。

最後の得物を目にした男の肉は、それは雄々しく、いなないた。鈴口周辺に溜まった先漏れの粘液を、撒き散らすほどの勢いで。

「千尋さん、お邪魔します」

この場に、まったくそぐわないひと言を口にして慎一は、筒先を指でつかんだ。そして、深い割れ目の狭間《はざま》に添えた。股間を突き出した。ぬるぬるっと埋まっていく。

その甘い感触が、慎一の欲望をさらに焚《た》きつけた。

思わず慎一は、天に向かって顔を上げ、さらに腰を進めた。

「あっ、ねっ、きます。入ってきます。わたしのお肉を、こねまわしながら、です」

切れ切れの悶《もだ》え声が飛び散っていくたび、男の肉をくわえ込んだ膣道の襞は粘つき、剛直に張った男の肉を、四方八方から締めつけてくるのだ。

（おいっ、おれは、こんなに我慢のない男に成り下がっていたのか）

慎一は己を問いつめた。

彼女の襞肉が、ごにょごにょとうごめくたび、股間の奥底に噴射の兆しを教える激しい脈動が奔る。

呼吸が勝手に荒くなり、心臓の鼓動が胸板を打ってくる。

「慎様、あん、約束してください」

男の肉を迎えいれながらも、千尋は首筋をよじって、振り向いてきた。

「えっ、なにを？」

「今夜は、わたしのおじい様のお家《うち》に泊まってください。約束してくださらなかったら、今、わたしの膣《なか》に出してはなりません」

それは殺生というものだ。この数年、打ち止めにしていた男のエキスは、いき

なり襲ってきた男の快楽に根負けして、とば口まで出かかっている。

止まれ！　と命令しても、素直に言うことを聞いてくれないのが、悲しい男の生理だ。

「約束する。今夜はおじいさんの家に泊まらせてもらいます。しかし、あと、十秒ほどで、びゅびゅっと噴き出しそうなんだ。もう止められない」

「よかった。うれしい。今夜はね、一緒にお風呂に入って、洗いっこしましょう。あなたのお躯を、隅々まで……、ねっ、洗ってさしあげます。わたしの唇と舌で」

今夜のことは、あなたの好きにしなさい。

おれはもう我慢の限界を超えているんだ。腹の中で叫んで慎一は、最後の一突きを放った。

「ああっ、素敵！」

頤《あご》を跳ね上げて、千尋は吠えた。

瞬間、股間の奥に堰《せ》きとめておいた男のエキスが、わずかな痛みを伴って、彼女の襞の壁を突き破る勢いで飛び散っていったのだった。

初出一覧

潔い不倫　「新鮮小説」二〇一七　十二月号
先生のお願い、聞いて　「新鮮小説」二〇一七　十月号
十年目のロストヴァージン　「新鮮小説」二〇一九　八月号
ヤケボックイに火がついて……　「新鮮小説」二〇二〇　四月号
浮気の美学　「新鮮小説」二〇二〇　八月号
河内の恋の物語　書下ろし

紅
beni
紅文庫

こんどは深《ふか》く

末廣《すえひろ》 圭《けい》

2022年 7月 15日　第 1 刷発行

企画／松村由貴（大航海）
DTP／遠藤智子

編集人／田村耕士
発行人／日下部一成
発売元／株式会社ジーウォーク
〒 153-0051 東京都目黒区上目黒 1-16-8 Yファームビル 6 F
電話 03-6452-3118
FAX 03-6452-3110

印刷製本／中央精版印刷株式会社

ISBN978-4-86717-438-8

壊れるまで抱いて
Shiori Tsumura
津村しおり
もっと犯して……
一緒に狂って……
清楚な人妻が、淫らなショーへの出演を決意。
心では抗いながらも、その肉体は覚醒し――。
奈緒美は病魔に侵された夫の命を救うため、財界の大物が主催する闇のセックスショーに出演することを決意した。夫の拙い性技しか知らない女体は、調教師によって開発され、剛直に貫かれるたびに覚醒する。その神々しい姿は男たちを魅了し、破滅させてゆく。そんななか、奈緒美は衝撃的な事実を知らされて……。
定価／本体720円＋税
紅文庫
最新刊

こんどは深く

◆◆◆

末廣 圭

Kei Suehiro

紅 beni 紅文庫